10/18

12, AVENUE D'ITALIE. PARIS XIIIe

Sur l'auteur

Jørn Riel, né en 1931 au Danemark. En 1950, il s'engage dans les expéditions du Dr Lauge Koch pour le nord-est du Groenland et y reste seize ans. Il en rapporte une bonne vingtaine d'ouvrages parmi lesquels la série des « Racontars arctiques », et des trilogies : *La Maison de mes pères* et *Le Chant pour celui qui désire vivre*. Après un détour chez les Papous dans *La Faille*, Jørn Riel est revenu au Groenland avec *Le Canon de Lasselille, La Circulaire* et une nouvelle trilogie, *Le Garçon qui voulait devenir un être humain* (Éditions Gaïa, 2002). Il vit aujourd'hui en Malaisie.

JØRN RIEL

LES BALLADES DE HALDUR

et autres racontars

Traduit du danois
par Susanne Juul et Bernard Saint Bonnet

10/18

« *Domaine étranger* »
dirigé par Jean-Claude Zylberstein

GAÏA ÉDITIONS

Du même auteur
aux Éditions 10/18

Le jour avant le lendemain, n° 3456
La faille, n° 3669
La maison des célibataires, n° 3933

« Les Racontars arctiques »

La vierge froide et autres racontars, n° 2861
Un safari arctique, n° 2906
La passion secrète de Fjordur, n° 2944
Un curé d'enfer, n° 2997
Le voyage à Nanga, n° 3027
Un gros bobard et autres racontars, n° 3368
Le canon de Lasselille, n° 3796
▶ Les ballades de Haldur et autres racontars, n° 4015
La circulaire, n° 4093

Trilogie « La Maison de mes pères »

Un récit qui donne un beau visage, tome I, n° 3159
Le piège à renards du Seigneur, tome II, n° 3204
La fête du premier de tout, tome III, n° 3247

Trilogie « Le Chant pour celui qui désire vivre »

Heq, tome I, n° 3279
Arluk, tome II, n° 3314
Soré, tome III, n° 3347

Titre original :
Haldurs ballader og ander skrøner

© Jørn Riel, Lindhardt og Ringhof, Copenhague.
© Gaïa Éditions, 2004, pour la traduction française.
ISBN 978-2-264-04059-6

*À l'ami Philippe Rohan,
instigateur de l'expédition littéraire* Apsuma
Sukanga *dans le nord-est du Groenland, été 2002,
et auteur d'*Apsuma, dans les traces de Jørn Riel,
*qui nous a quittés brutalement
le 31 décembre 2003.*

*Jørn Riel,
Susanne Juul et Bernard Saint Bonnet*

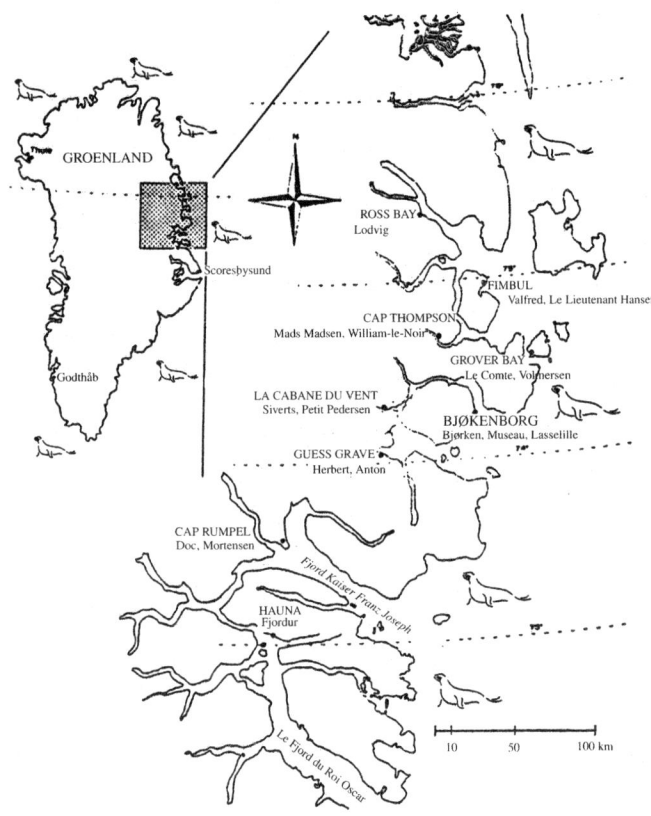

Le Musulman

... où débarque sur la Côte un énergumène d'un nouveau genre. Où l'on voit aussi William-le-Noir particulièrement sensible à certaines vertus de l'Islam mais beaucoup moins à d'autres. Où l'on perçoit enfin les aspects néfastes du décalage horaire.

Fjordur allait quitter le nord-est du Groenland pour prendre ses fonctions d'Intendant Royal du comptoir dans la commune de son épouse, Cap Sud, qui se situait dans la partie le plus au nord de la Côte des Bananiers. C'était une profession intéressante et divertissante qui, en plus d'un commerce florissant, impliquait également la fonction de Commissaire de police, et par conséquent le droit de porter casquette à visière brillante et insigne.

Avant que la glace ne se brise cet été-là, Doc et le télégraphiste Mortensen organisèrent à Cap Rumpel un concert d'adieu à caractère festif et caritatif. Les chasseurs de l'ensemble de la Côte s'y rendirent, tout à l'attente des réjouissances à venir.

Au cours de l'hiver, Mads Madsen de Cap Thompson avait fabriqué une prétendue flûte fumeuse, conçue de façon qu'il puisse continuer à fumer la pipe tout en s'adonnant à ses exercices musicaux. Il faut dire que, pour Mads Madsen, fumer la pipe était une passion impérieuse. Sur le fourneau d'une vieille pipe, il avait monté un long tube de flûte, d'après des croquis de Doc, lequel était au fait de tout ce qui concerne le monde de la musique.

Après avoir testé un certain temps les trous, Mads Madsen parvint à accorder son instrument en *fa* majeur, ce qui correspondait grosso modo à la tonalité de l'orgue-de-Karl-Âge qu'avait construit Mortensen et à celle de la scie de Doc.

Mads Madsen, qui débutait, avait le trac.

L'orchestre symphonique du nord-est du Groenland s'était rassemblé la veille du concert. Quant aux invités, au fur et à mesure de leur arrivée, on les expédia à la chasse aux bœufs musqués, d'une part pour qu'ils soient hors de portée des répétitions, et d'autre part pour qu'ils se procurent les provisions nécessaires aux repas communs.

Parmi l'ensemble de la population de la Côte, qui comptait dix-sept personnes, si l'on considérait la femme de Fjordur, six étaient membres de l'orchestre.

Pour témoigner de l'ampleur de son amitié, Mortensen avait proposé que le concert soit un concert caritatif puisque, tout le monde le savait, le plus grand vœu de Petrine était de posséder un service à café pour douze personnes. Avec un tel service à café, elle entérinerait une fois pour toutes sa position de première dame du comptoir : elle serait en effet en mesure d'inviter l'ensemble de la population de Cap Sud, ainsi qu'un éventuel hôte de passage, à prendre le café en même temps. Les chasseurs s'étaient donc montrés généreux en offrant de somptueuses peaux des différents districts. La valeur totale de ces cadeaux était telle que Fjordur estima qu'il y aurait de quoi ajouter un service de table complet, et de facture royale qui plus est. Seul Valfred n'offrit pas de peaux. Il avait apporté quatre bouteilles d'eau-de-vie, et quand Mortensen lui reprocha d'avoir offert quelque chose d'impossible à monnayer, Valfred rétorqua que si l'on avait des tasses en porcelaine, il fallait bien avoir aussi quelque chose à mettre dedans.

La fête fut une réussite sur toute la ligne. Le concert en lui-même se déroula de façon non moins satisfaisante, selon Doc. À part le moment où Siverts, ayant violemment enfoncé dans ses doigts de pied enveloppés de chaussettes de ski le bâton avec lequel il battait la cadence, poussa un hurlement qui se situait légèrement en dessous du *ré*. À part aussi le moment où Mads Madsen, du fait d'une nervosité bien compréhensible, souffla si fort dans sa flûte, au beau milieu de la *Danse macabre*, que de grosses braises s'envolèrent du fourneau, mettant le feu à Petit Pedersen qui, juste devant lui, jouait de la cafetière avec une feuille de papier à emballer les casse-croûte.

Après avoir éteint Pedersen, on passa à table, et au repas préparé par le Comte. C'étaient des steaks au poivre de taille respectable qui firent sortir des flammes de la bouche des hommes, suivis d'un dessert indéfinissable, doux et froid, propre à calmer les plus révoltées des papilles gustatives. La viande fut arrosée du Grover Bay Gamay 32, l'un des meilleurs vins du Comte, et le dessert avec de l'eau-de-vie de myrtilles de Valfred forte et sucrée, qui relevait les douces qualités de la glace.

À un moment donné, un léger différend se mit à couver entre Siverts et Mads Madsen parce que Siverts avait exigé, pour le compte de son compagnon Petit Pedersen, des excuses de Mads Madsen, eu égard au pull islandais sévèrement endommagé par un dangereux pyromane. Mais Mads Madsen maintint que Pedersen était juste un idiot qui n'avait à s'en prendre qu'à lui-même pour cet incident, vu qu'il s'était posté à proximité immédiate d'un instrument aussi dangereux et difficile à contrôler qu'une flûte fumeuse.

Contre toute attente, la bagarre ne démarra pas pour de bon parce que Mortensen fut appelé au sans-fil, à la suite de quoi tout le monde se rua dans la petite pièce de la station radio. Mortensen s'installa sur sa chaise, tripota ses boutons magiques, puis un son clair mais étrangement haché remplit la pièce. Les chasseurs écoutèrent avec recueillement, contemplant non sans admiration le télégraphiste Mortensen, yeux clos et lèvres légèrement avancées. Deux rides profondes apparurent sur son front, ce qui signifiait, chuchota Doc à l'assemblée avant de sauter sur la selle de son vélo-générateur, qu'il se concentrait sur un message de la plus haute importance.

Quand le générateur donna à plein régime, sous l'impulsion du pédalage irréprochable de Doc, Mortensen mit en branle l'émetteur. Et les hommes regardèrent, ébahis, la petite lampe à luminescence qui scintillait chaque fois que la grosse pogne de Mortensen effleurait la clé du télégraphe. Les signaux de morse de Mortensen claquaient en rythme dans le haut-parleur, et quand il s'arrêta, ils entendirent un son strident lui répondre d'Angmassalik.

Puis tout retourna au silence. Mortensen éteignit de son index le récepteur et l'émetteur. Il inscrivit, lentement, la teneur de l'échange qui venait d'avoir lieu, dans son journal de bord. Il fit pivoter sa chaise à vis et cria à Doc qu'il pouvait descendre du vélo.

Quand, l'instant d'après, tout le monde fut à nouveau rassemblé dans la salle de séjour, Mortensen déclara :

— On vient de recevoir l'information du directeur de la Compagnie qu'un remplaçant a été trouvé pour la cabane de Hauna et que celui-ci va arriver dès que possible.

Les hommes hochèrent la tête : message reçu. C'étaient de bonnes nouvelles, parce que du sang frais faisait toujours du bien sur la Côte.

— Y a plus qu'à se demander à quel genre d'énergumène on va avoir affaire, dit Lodvig.

Il était content de savoir la cabane de Hauna vacante, et content que de ce fait on ne lui impose pas à lui de compagnon.

— On peut se le demander, oui, répondit Mortensen. Probablement un type un peu à part, vu qu'il se fait appeler Olav ibn Abdullah Frederiksen, à en croire ce que la machine m'a dicté.

Deux mois plus tard, l'ensemble de la population du nord-est du Groenland attendait sur le banc devant la cabane de Cap Thompson l'arrivée du bateau de l'année, la *Vesle Mari*.

Bjørken se tenait, comme à chaque fois, allongé sur la faîtière, la longue-vue vissée à l'œil. Au-dessous se trouvait Lasselille, les mains sur les oreilles, histoire d'éviter de poser des questions trop hâtives, comme cela lui était arrivé par le passé, lorsque Bjørken faisait l'énumération des personnes se trouvant à bord.

Bjørken garda la longue-vue braquée pendant un temps qui sembla à tous encore plus long que les autres années. Il se racla la gorge à plusieurs reprises, soupira, et émit des sons qui, avec un peu de bonne volonté, auraient pu être interprétés comme des « voyons, voyons » ou des « hum, hum » ou encore des « crébondieu ». Personne ne l'interrompit. Mais ses grognements rendaient plus torride le suspense, et les chasseurs se mirent à se trémousser sur le banc, tendus. Mads Madsen, qui, fidèle à ses habitudes, marchait de long en large devant la maison, s'arrêta et fixa d'un regard peu amène l'homme de vigie.

Dans un bruit sec, Bjørken replia la longue-vue. Il descendit du toit et regagna sa place sur le banc pour ensuite sortir un grand mouchoir à carreaux et éponger son crâne dégarni. Il joignit enfin ses énormes mains autour de ses genoux cagneux et lança :

— Le Capitaine Olsen, le second et un Musulman.

Lasselille, qui avait ôté ses mains de ses oreilles au moment où Bjørken s'asseyait, chuchota d'une voix hésitante :

— C'est quoi un Musulman, Bjørk ?

— Une sorte d'Orthodoxe, répondit Bjørken. Un homme qui croit en Allah et son prophète Mahomet d'Arabie.

Lasselille arbora un large sourire :

— Ah, alors je vois ce que c'est. C'est un type avec un harem. Pas vrai ?

— Dieu nous en préserve !

Bjørken, d'une façon tout à fait inhabituelle, dévisagea son apprenti avec terreur :

— J'espère bien que non !

Il chaussa à nouveau la longue-vue et se plongea dans une observation attentive. Quand il la baissa, il poussa un profond soupir de soulagement et murmura :

— Seulement un Musulman. Pas de bonnes femmes.

Le Capitaine Olsen fut le premier à sauter à terre. Ce qui était toujours le cas lorsqu'il y avait des présentations un peu exceptionnelles à faire. Il fila aussi vite que le lui permettaient ses petites jambes épaisses vers la maison, et hors d'haleine, mais avec un rire un rien perfide, il tonna :

— Nous voilà de retour, chers amis, j'espère que l'hiver vous a été propice et que vous avez fait bonne chasse. Ha, ha, on a fait une bonne traversée et on vous livre ici le nouveau locataire de la station de Hauna : Abdullah Frederiksen, eh oui, c'est comme ça. En provenance directe d'Orient.

Voilà, l'annonce était faite, et Olsen but du petit-lait à contempler tous ces visages décontenancés. Le regard de Mads Madsen alla du capitaine jusqu'à la plage où un homme grand et maigre débarquait à cet instant précis. Un homme étrange. Un homme si étrange qu'on n'en avait jamais vu de cet acabit sur la Côte.

Il était habillé de blanc de la tête aux pieds. Non pas de l'anorak de fête et du pantalon de toile à voile qui étaient somme toute assez communs, mais de draperies qui voltigeaient autour de lui comme des draps sur des fils d'étendage. Sa tête était couverte d'un tissu à carreaux bleus avec des fanfreluches, le tout maintenu par un bandeau multicolore. Ses pieds étaient enfilés dans de larges sandales noires, sans chaussettes. Dans une de ses mains, une cordelette émaillée de petites perles qui tournaient et tournaient, et sous le bras une couverture enroulée.

Mads Madsen se redressa.

— Tu l'as dit, c'est bien du Musulman, ça, prononça-t-il avec un regard de confirmation en direction de Bjørken. J'en ai vu de ce genre-là sur des photos quand j'étais gamin et celui-ci y ressemble comme deux gouttes d'eau. Bah ! C'est pas une raison pour perdre son calme. Soyons ouverts, tolérants et serviables, tout en faisant par ailleurs l'impossible pour qu'il parte à Hauna à la vitesse grand V.

En qualité de chef de station à Cap Thompson, Mads Madsen avait un large pouvoir de décision.

Valfred, le dos appuyé contre la maison, hocha la tête, d'un air de connaisseur.

— Nous avions un type comme ça à une certaine époque à l'abattoir de Ringsted. Un homme très agréable qui avait été berger dans la ville de Herning avant de se faire Musulman.

Valfred joignit ses mains sur son gros ventre et contempla ses amis d'un regard innocent.

— Mais ensuite le directeur a été obligé de le renvoyer. Parce qu'il remplissait les saucisses de viande de bœuf et remplaçait les farces de porc par un mélange de veau et de mouton, rapport au fait qu'il avait pas le droit de toucher à du porc, en tant que Musulman. C'était un homme paisible et bonne pâte qui n'est même pas rentré dans le lard du directeur quand il l'a congédié. Une bonne année plus tard, nous avons reçu une carte postale de l'Arabie où il racontait qu'il était devenu maître ouvrier dans un abattoir de chèvres au Yémen parce que la recommandation de notre directeur avait prouvé aux curetons à barbe là-bas en bas que dans l'esprit il était un des leurs.

Olav ibn Abdullah Frederiksen posa ses deux valises et regarda, de ses yeux myopes, les chasseurs ébahis sur le banc. Il extirpa de ses draperies une paire de demi-lunes à monture métallique et laissa son regard s'attarder sur le gros visage rougeaud de Mads Madsen. Il avança une main, serra celle de Mads Madsen et posa ensuite la sienne contre son cœur comme s'il voulait conserver la poignée de main de Mads Madsen à cet endroit-là. Cela parut à la fois étrange et beau aux yeux des spectateurs. Puis il prononça son nom clairement et avec un fort accent norvégien.

— Olav ibn Abdullah Frederiksen.

Un peu décontenancé, Mads Madsen porta à son tour son poing à sa poitrine et dit en retour :

— Bienvenue à Cap Thompson, Frederiksen. Je me nomme Mads Madsen et c'est d'ailleurs comme ça que les gens m'appellent. Sur le banc, à partir de bâbord, c'est William-le-Noir, un enfant de bohémien du nord de la Norvège, le Comte et son compagnon Volmersen, Bjørken, Lasselille qui vient de Scanie, puis Lodvig, Museau, Siverts, Petit Pedersen, Herbert et Anton, le Lieutenant Hansen et plus loin, avachi, t'as Valfred de Fimbul. Le type que tu vois déjà descendre vers la *Vesle Mari* avec son sac marin sur le dos, c'est Fjordur l'Islandais que tu remplaces à Hauna, et dans la maison tu trouveras sa femme, Petrine. Ça fait beaucoup de noms, mais si tu restes quelques jours à Cap Thompson t'auras tôt fait de les retenir.

Olav ibn Abdullah Frederiksen passa d'homme en homme en serrant toutes les mains pour ensuite, à chaque fois, poser la sienne sur son cœur. Les poignées de main des chasseurs étaient un peu flasques parce qu'ils ne connaissaient pas encore cet homme. Une fois toutes ces formalités expédiées, le Capitaine Olsen en vint aux choses sérieuses :

— Alors, voyons un peu les peaux que vous m'avez trouvées cette année, les gars. J'espère que vous n'avez pas chômé ?

Mads Madsen sourit, presque gentiment, à Olsen.

— Des peaux à la pelle, dit-il, renard, phoque et ours. Et même six peaux de loup cette année.

Olsen repoussa sa casquette sur la nuque, rayonnant de satisfaction.

— Sors-les tout de suite, Mads Madsen, pour qu'on puisse commencer les négociations.

— Les négociations ?

Mads Madsen affecta de ne pas saisir.

— Quel genre de négociations, Olsen ?

— Pour les peaux, pardi. Ça fait maintenant quinze ans que je vous achète vos peaux de troisième qualité à des prix de première.

— Ah, les peaux !

Mads Madsen ravala un grand sourire.

— Mais, Olsen, nous n'avons plus rien, là. Nous les avons toutes vendues à l'Intendant Royal de Cap Sud. Il a tout pris, jusqu'à la dernière, et à des prix que nous n'avions jamais connus avant.

— Un Intendant Royal !

Olsen regarda Mads Madsen, atterré.

— Tu veux dire que vous avez vendu mes peaux à quelqu'un d'autre ? Mais j'ai l'exclusivité, le monopole et tout le bazar sur ces peaux.

— C'est marqué où, ça ? demanda Mads Madsen.

— Marqué, marqué, grogna Olsen, ça a toujours été l'usage et on peut pas changer ça comme ça, sans façons.

Mads Madsen fit le tour du gros capitaine. Puis il dit, un peu mielleux :

— Dommage que nous n'ayons plus de peaux, Olsen. Parce que nous te les aurions volontiers vendues pour peu que tu nous aies proposé des prix aussi intéressants que ceux de l'Intendant Royal. Mais là, il se trouve que ce que tu nous payais, à nous, pour d'excellentes peaux, restait un bon tiers en dessous de ce que nous venons de percevoir, et je suppose que toi, t'es bien le premier à comprendre que nous ayons sauté sur l'occasion.

— Intendant Royal, cracha Olsen, qui donc, bordel, se bombarde Intendant Royal dans ce putain de désert de glace ?

— Fjordur de Hauna, dit une voix juste derrière lui.

Olsen se retourna et regarda le grand Islandais dans toute sa hauteur.

— Intendant Royal, Intendant du comptoir et Commissaire de police, dit Fjordur.

Olsen déclina l'invitation à dîner. Il retourna directement à bord de la *Vesle Mari*, s'enferma dans sa cabine et ne se montra plus avant la fin du déchargement des provisions de l'année. Il fixa Fjordur et Petrine avec aigreur quand ceux-ci montèrent à bord pour se laisser transporter jusqu'à Scoresbysund, et il quitta Cap Thompson sans dire au revoir aux chasseurs, ni même donner de la corne de brume. Il se rendait compte qu'il avait perdu et que son voyage au nord-est du Groenland serait cette année déficitaire, contrairement aux autres années où il ne manquait jamais de rapporter une pleine récolte de superbes peaux. Il n'adressa pas la parole à Fjordur ni à sa femme des quatre jours que dura le voyage jusqu'au comptoir. Il alla même jusqu'à cracher rageusement après la yole qui transportait le nouvel Intendant du comptoir vers la terre ferme.

-

À Cap Thompson, Olav ibn Abdullah Frederiksen drainait toute l'attention. Un Musulman sur la Côte était quelque chose de nouveau et d'intéressant, un inépuisable sujet de conversation où l'on plongeait avec ravissement. Après une première journée en sa compagnie, tout le monde était d'accord sur le fait que Frederiksen était un homme calme et délicat, modeste et un brin mélancolique, mais agréable et tout à fait sans détour. On remarqua aussi qu'il ne buvait pas d'eau-de-vie, ni pendant les repas, ni après avec le café devant la maison. Personne ne le pressa d'en boire. Parce que si l'on avait envie d'eau-de-vie, on n'avait qu'à se servir, et si on n'en avait pas envie, on était libre de ne pas y toucher.

Pour rendre cet accueil un peu plus festif, Mads Madsen et William-le-Noir avaient fait un feu sur la plage où café tardif et pousse-café furent servis.

Mads Madsen lui ayant discrètement tiré les vers du nez, Olav ibn Abdullah Frederiksen déclara :

— C'est vrai que l'Islam est ma religion. Je crois en Allah et en son prophète Mahomet, et je vis selon la loi musulmane.

— Cela, personne va te le reprocher, dit Mads Madsen gentiment. À condition que tu ne te transformes pas en curé d'enfer comme un type nommé Pollesøn qui s'est pointé chez nous, y a quelques années, pour nous convertir, et qui a explosé avec la cabane de munitions de Valfred.

— Je n'essayerai de convertir personne, répondit Frederiksen tout aussi gentiment, je ne l'ai jamais fait. Je ne suis peut-être pas tout à fait dans la norme à ce sujet, mais je ne suis pas partisan de la conversion à la pointe de l'épée. J'ai, pour ma part, trouvé la foi grâce à l'amour, et cela correspond mieux à mon tempérament.

William-le-Noir tendit l'oreille.

— L'amour ? Qu'est-ce que tu veux dire, Frederiksen ?

Olav ibn Abdullah Frederiksen dévisagea avec bienveillance la face de Cro-Magnon de William.

— Je suis foreur de pétrole, dit-il. Vous savez, quelqu'un qui parcourt le monde en creusant des trous pour trouver du pétrole. Mon père était puisatier à Stavanger, dans le sud de la Norvège, je crois que c'est de là que m'est venue l'envie d'aller au plus profond des choses. J'ai quitté la Norvège très jeune, et j'ai commencé ma carrière dans le désert d'Arabie où j'ai foré des trous en pure perte pendant trois ans avant de décrocher le pompon. Cette année-là, je me suis fiancé.

— Aha ! s'exclama William, dont les pensées ne s'éloignaient jamais trop de ce sujet.

Frederiksen continua sans se laisser distraire.

— Comme ma fiancée était musulmane, il a bien fallu, avant que nous nous mariions, que je me convertisse à sa religion, l'Islam. Ce qui ne fut pas difficile car, à cette époque-là, je ne croyais ni en Dieu ni en diable. Allah n'était pour moi pas plus mauvais bougre que n'importe qui, peut-être même meilleur quand on considère la belle fille que cela me permettait d'épouser.

Les hommes hochèrent la tête, abondant dans ce sens, et Lasselille, qui voulait toujours tout savoir, demanda :

— T'es toujours marié avec elle, Frederiksen ?

— Oui, bien sûr. Nous avons six enfants et nous sommes très heureux.

Il contempla un temps les braises dans le feu. Puis il continua :

— Au bout de quelques années, je fus nommé à Karachi, et là j'ai très rapidement trouvé du pétrole ainsi qu'une nouvelle fiancée.

— Fichtre ! s'exclama Siverts. Qu'a dit ta femme ?

— Rien, répondit Frederiksen. Elle était contente pour moi, et je crois aussi qu'elle était soulagée de pouvoir faire une petite pause entre les grossesses. Nous avions déjà deux enfants au moment où je suis parti et un troisième était en route.

Profond silence. L'idée que le nouveau chasseur de Hauna possédait deux femmes donnait le vertige à ses collègues groenlandais. Quand cette information eut pris racine en lui, William-le-Noir demanda :

— Et la nouvelle gonzesse, là, qu'est-ce qui s'est passé avec elle ?

— On s'est mariés avant qu'elle soit enceinte du premier enfant, répondit Olav ibn Abdullah Frederiksen. Un grand mariage parce qu'elle est d'une famille aisée, son père a fait le *hadj*, il est allé à La Mecque deux fois.

— Alors t'as deux femmes, haleta William. Tu crois que c'est complètement légal, ça, Frederiksen ?

— Mon Dieu, oui, répondit le Musulman avec gentillesse ; la loi permet d'avoir quatre femmes, et la troisième je l'ai trouvée dès l'année suivante à Surabaya, où je fus envoyé après Karachi.

— La troisième ?

Le Lieutenant braqua les pistolets qui lui tenaient lieu d'yeux sur Frederiksen, laissant pointer comme un reproche dans sa voix.

— Oui, elle s'appelle Sri Yani et vient de l'île de Madura, répondit Frederiksen. Une bonne petite chose qui m'est toute dévouée. Elle écrit de charmantes lettres à mes autres femmes et leur envoie des photos de nos enfants à chaque anniversaire.

— Trois femmes ! dit William, surexcité.

Quant à lui, il avait seulement été fiancé avec Soufia au Cap Sud et avec Magdalena à Scoresbysund et, à part ça, s'était offert une vie amoureuse à la carte au cours de ses voyages au sud chaque printemps.

— Quatre, reprit doucement Olav ibn Abdullah Frederiksen. J'en ai encore une. Elle vit en Somalie où je n'ai jamais trouvé de pétrole. Mais je descends la voir, elle et les enfants, une fois par an, histoire d'entretenir les relations. Une jeune et belle femme que j'aime beaucoup. Je dirais presque que c'est ma femme préférée parce que, pourvu qu'on lui donne ce dont elle a besoin au jour le jour et un enfant par an, elle est contente.

Il y eut une longue pause silencieuse. Puis Valfred, qui était couché à bonne distance du feu, avec l'anorak en peau du Lieutenant sous la tête, dit :

— J'ai vécu beaucoup de choses, Frederiksen, et j'en ai entendu bien plus encore, mais un homme comme toi, j'en avais jamais rencontré auparavant. Même pas à Ringsted. Est-ce que je peux t'exprimer mon admiration sincère ?

Frederiksen regarda Valfred avec bienveillance et une amitié à toute épreuve naquit entre eux deux.

Avant qu'ils ne lèvent le camp, Lodvig demanda, un peu embarrassé :

— Mais toutes ces femmes, là, Frederiksen, comment tu fais pour les entretenir ? Je veux dire, maintenant tu passes une année ici, et puis elles, elles sont là-bas en bas, dans le monde, à soupirer après toi.

Olav ibn Abdullah Frederiksen hocha la tête plusieurs fois avant de répondre.

— Que je sois ici vient probablement du fait que je me suis un peu embrouillé dans toutes ces histoires. Quatre femmes, seize enfants et vingt-quatre petits-enfants, au bout d'un moment, ça devient un peu encombrant. Un jour que j'étais en Norvège, j'ai entendu parler de la Compagnie de Chasse, et je me suis dit que c'était exactement le genre de cure dont j'avais besoin. Pas de femmes, pas d'enfants, pas de viande de porc et je croyais qu'il n'y avait pas d'eau-de-vie non plus. Je constate que mes renseignements n'étaient pas tous parfaitement exacts, mais sur quatre maux je suppose qu'on peut en supporter un.

Les hommes se couchèrent aux heures claires de la nuit. À six heures du matin ils furent réveillés par un chant plus que bizarre à l'extérieur de la maison. Mads Madsen se leva et jeta un œil dehors. Dans la bruyère devant la maison, Olav ibn Abdullah Frederiksen était à genoux sur sa couverture, envoyant ses prières par un sans-fil que même le télégraphiste Mortensen ne put expliquer, directement jusqu'à La Mecque. Mads Madsen raconta aux hommes ensommeillés ce qu'il avait vu et cela leur apporta une preuve tangible de l'arrivée de l'Islam dans le nord-est du Groenland.

Frederiksen était de compagnie facile. C'était un homme modeste, presque effacé, qui admit sans problème son incompétence en ce qui concernait l'Arctique et qui s'efforça de suivre avec zèle tous les bons conseils qu'on lui prodigua. Lodvig lui montra par exemple l'aspect peu commode des draperies dont il s'entourait.

— Tu vois, Frederiksen Abdullah, tes draps, là, vaudrait mieux les garder pour l'intérieur dès que l'hiver se sera pointé, sinon ça risque bien de devenir ton linceul. Tu devrais te procurer des vrais vêtements d'hiver, des bons gros calcifs de laine, un futal en peau de chien et une moumoute en peau de phoque. Et les draps, tu peux toujours les garder en dessous si ton mec, là, Mahomet, l'exige.

Olav ibn Abdullah Frederiksen suivit le conseil. Il s'acheta une paire de pantalons d'occasion en peau de chien auprès de Lodvig, une fourrure en peau de phoque auprès de Siverts, des kamiks et des moufles auprès de William-le-Noir, ainsi qu'un bonnet en peau de renard, avec sa queue, auprès de Bjørken. Le bonnet était assez grand pour lui permettre de porter le chèche dessous.

Par-dessus le marché, il fut doté, par les hommes de Cap Thompson, de quatre chiens acceptables, d'un traîneau à claire-voie, ainsi que de bien d'autres choses que les chasseurs serviables jugèrent utiles.

Ce fut un chasseur Frederiksen convenablement équipé qui mit cap vers la cabane de Hauna. En sa compagnie se trouvaient les chasseurs de Humboldt, de Ross Bay, de Fimbul et de Bjørkenborg.

On installa le chasseur musulman dans ses meubles avec moult festivités, ce qui implique de la viande de bœuf musqué et de l'eau-de-vie, et c'est un homme bien approvisionné et plein de bon courage que l'on quitta. Tout le monde avait cependant remarqué qu'il faisait preuve de volonté en ce qui concerne l'alcool, et que son inclination pour les conserves du genre rôti de porc était minime. Mais chacun a droit à ses bizarreries et personne ne lui fit la moindre remarque.

Quelques mois passèrent. Puis Lodvig fit une petite visite à Hauna où il trouva un chasseur Olav ibn Abdullah Frederiksen enthousiaste et en pleine forme.

— Mais – ainsi qu'il le raconta par la suite à ses amis de Bjørkenborg – c'était comme si Hauna n'était plus une station de chasse. Comme vous le savez, il n'y a qu'une pièce et une entrée. C'est une petite cabane modeste avec deux couchettes, une table, une chaise et une cuisinière. Mais Frederiksen a tout transformé en salle de prière. *Maskit*, qu'il appelle ça. Oui, *maskit*, c'est bien ça. Et il m'a expliqué que c'était une salle de prière où il pouvait entrer pour demander toutes sortes de choses au type, là, Allah. Il avait caché la couchette derrière une voile de yole, et autour de la cuisinière il avait monté une cloison jusqu'au plafond pour séparer la cuisine du sacré. Il avait fourgué la table dans la cabane annexe et à la place il avait étalé son tapis de prière. C'était joli, mais comme qui dirait un peu vide. À côté du *maskit* y avait une bassine avec de l'eau et un petit bol avec un savon parce qu'il se lave les pieds chaque fois qu'il va prier. Quand je lui ai demandé s'il allait bien, il m'a répondu qu'il s'était installé aussi bien que les conditions le lui permettaient, et qu'il passait son temps à chasser, dépouiller, cuisiner et prier. Et quand j'ai voulu savoir ce qu'il demandait dans ses prières, il m'a dit que je pouvais assister à une prière, à condition de me tenir discrètement en arrière.

Bjørken, qui avait écouté avec intérêt, tapa sur ses grandes incisives avec l'ongle d'un doigt et hocha la tête.

— Les cinq piliers, dit-il nonchalamment. Très intéressant. Confession, prière, jeûne, aumône, pèlerinage. Par ailleurs, une maison de Dieu s'appelle *masdjid*, et pas *maskit*.

— Exact, dit Lodvig avec zèle, c'est quelque chose de ce genre qu'il m'a dit.

D'une voix ondulante Bjørken psalmodia :

— La ilaha illallah muhammadur-rasulullah…

— Putain, te v'là Musulman aussi, Bjørk ?

— Pas pratiquant, répondit le chef de station de Bjørkenborg, mais informé.

— Ah bon, si tu le dis.

Lodvig le regarda d'un air perplexe.

— Parce que c'était un truc de ce genre-là que Frederiksen baragouinait. Le cul en l'air et le nez vers le sud-est, il a cogné le front contre le sol plusieurs fois. Puis il s'est levé, est passé derrière la cloison où bouillait la viande de phoque. Un instant après il était à nouveau sur son tapis, parlant avec ce Allah comme s'il n'y avait eu aucune interruption.

Lasselille, qui avait écouté de ses longues oreilles de renard, plia une jambe sous ses fesses sur la chaise et leva le doigt.

— Dis donc, Lodvig, ça doit vraiment être un dieu bizarre, pas vrai ? Parce que moi, quand je fais ma prière du soir, je ne me laisse jamais interrompre. Il peut se passer n'importe quoi que je continue à demander la même chose. Jour après jour, année après année.

Bjørken regarda son compagnon d'un air interrogateur :

— Que demandes-tu donc, Lasselille ?

— Oh ! Pas grand-chose. Vu qu'ici on a pratiquement tout, dit son ancien apprenti. Au début, quand je suis arrivé, y avait plein de trucs à demander, mais maintenant c'est vite fait. Maintenant, c'est surtout histoire de garder le contact avec les supérieurs. Des petits vœux, juste du genre « Seigneur, regarde avec amour jusqu'à mon petit lit » comme ma mère me l'a appris là-bas, en Scanie.

Il y eut un silence gêné. Puis, William-le-Noir, qui s'était laissé un brin impressionner par Frederiksen, dit :

— Parbleu, je crois que je file pour voir de mes propres yeux ce qu'il fait là-bas à Hauna.

Bjørken le regarda :

— Attention, William. L'Islam, c'est comme l'opium. Et si on se laisse aller une fois, y a aucun retour possible.

William partit. Quinze jours plus tard il était de retour à Bjørkenborg, un chèche fabriqué maison sur le bonnet en peau de phoque et une expression illuminée sur sa ganache d'homme des cavernes. Bjørken comprit instantanément que les choses avaient dérapé et, pour vérifier le degré de la nouvelle foi de William, il posa une pleine bouteille d'eau-de-vie sur la table et lui en offrit.

Mais William n'en voulut pas.

— Merci pour ton offre.

Il regarda Bjørken d'un air doux.

— Ma foi me l'interdit, Bjørk. Et de toute façon j'en ai plus besoin. Je puise ma force et mon courage dans l'Éternel, pour ainsi dire.

— D'où ça ? murmura Museau.

Là, il lui fallait ses lunettes. Un homme qui renonçait à l'eau-de-vie de son plein gré, il lui fallait voir ça de près.

— Du Souverain, du Miséricordieux, du Clément, du Sacré, du Vigilant, du Sublime, du Savant et Irrésistible Allah. Béni soit son nom de toute éternité.

Cela coula de William.

Avec un soupir, Museau remit ses lunettes dans leur étui. C'était là une forme de vertige qu'il ne connaissait pas, et diantre ! il ne savait guère comment il fallait le traiter.

La conversion à l'Islam de William fit le tour de la Côte par le courrier kamik. Le message arriva à Mads Madsen avant même que William n'ait quitté Bjørkenborg, et c'est profondément inquiet que le chef de station de Cap Thompson partit jusqu'à Bjørkenborg pour chercher son compagnon.

— Alors, maintenant tu rentres sans traîner, bougre de crétin ! hurla-t-il avant même d'être entré dans la maison, parce que là, c'en est fini et bien fini avec toutes ces conneries de religion ; maintenant tu vas rentrer déhousser tous les renards que j'ai chassés pendant ton absence.

William regarda son chef de station avec un sourire de regret.

— J'suis désolé, Mads Madsen, mais je dois t'informer que je me retire en tant que chasseur de Cap Thompson. J'ai des projets d'avenir, mis sur pied avec mon coreligionnaire, Olav ibn Abdullah Frederiksen, à Hauna.

— Des projets d'avenir ?

Mads Madsen, interloqué, fixa William dont la moitié du visage disparaissait sous son chèche.

— Putain, tu ressembles à une marchande de crevettes avec ce torchon sur la tête, grogna-t-il. Enlève ce bordel, enfoiré, quand tu parles à ton chef de station.

Il s'assit lourdement à table, et Bjørken se leva pour aller chercher l'eau-de-vie et le café.

Lasselille regarda William, les yeux brillants.

— Allez, William, raconte-lui c'que c'est, tes projets.

William-le-Noir hocha la tête. Il rajusta le bandeau qui maintenait son torchon à carreaux en place et dit :

— Comme tu le sais, nous autres Musulmans, nous entretenons quatre femmes, ce qui est un minimum vital pour qu'un homme soit à l'aise.

Mads Madsen fit claquer dans sa bouche l'eau-de-vie que Bjørken lui avait servie pour le calmer. Il fit une grimace affreuse, car l'alcool de Bjørken était distillé de frais, sans coupage aucun et avoisinait les 90 degrés. William continua :

— J'ai développé le projet de me procurer quatre femmes, de la terre dans un pays chaud et de démarrer en tant que cultivateur d'arachides, ou de riz, ou ce genre de choses, que mes femmes pourront vendre au marché. J'ai eu 5 000 couronnes de Fjordur pour mes peaux, et Olav ibn Abdullah Frederiksen pense que ça suffit pour les femmes et le terrain.

Mads Madsen était éberlué.

— C'est pas vrai !

Il se servit un nouveau verre et le vida cul sec, sans penser aux 90 degrés.

— Doux Jésus, William, ça peut pas être sérieux. Toi qui as toujours eu peur de te marier. Quatre femmes !

— On les a pour une bouchée de pain chez les Noirs. Au Malawi, une fille solide coûte environ quatorze chèvres, ce qui équivaut à 120 couronnes, et une vierge en Mélanésie tourne autour de quelques cochons. Et je compte bien en avoir certaines gratis.

Il regarda son chef de station longuement, et avec ardeur.

— Il arrive dans la vie qu'on soit obligé de lâcher un peu de ses principes, Mads Madsen, et maintenant, il s'agit de ma foi, de mon avenir et de mon métier. Demain je descends jusqu'au Cap Sud pour en informer Soufia qui sera ma première femme, gratuite.

Mads Madsen hocha la tête, terrassé. Il ne pouvait rien contre les projets d'avenir de William. Il ferma les yeux et inspira profondément pour se calmer, et vit devant ses yeux la ravissante petite Soufia courbée sur des plantes vertes dans un champ d'ignames sous un soleil tropical tellement torride que la graisse suintait de son pantalon en peau de phoque.

Le rapide reniement de William-le-Noir tint à deux facteurs. D'abord à Soufia, qui refusa catégoriquement de le suivre dans les pays chauds en tant que boniche, et qui, en entendant qu'il prévoyait des mariages avec trois coépouses, entra dans une telle rage qu'elle l'aurait descendu avec le vieux Remington de son père s'il ne s'était pas enfui avant. Cela arriva en janvier, et c'est un William déconfit qui revint à Hauna.

Olav ibn Abdullah écouta les doléances de William avec un calme éclairé. Il venait d'entamer un jeûne et le début de cette période rend en général les croyants un peu mous et lents à la réflexion. Il n'eut aucun mot de consolation pour son coreligionnaire déçu, mais lui conseilla des prières assidues et le strict respect des lois. En ce qui concernait le jeûne, il se trouvait que même ibn Abdullah Frederiksen était un tantinet désorienté. Le Coran préconisait le jeûne au moment du Ramadan, le neuvième mois dans l'année de l'Hégire, ce qui impliquait de s'abstenir de consommer la moindre nourriture de l'aube jusqu'au coucher du soleil. Loi tout à fait acceptable dans les pays où le soleil n'arrête pas de se lever et de se coucher ; mais en Arctique, où règne un noir absolu tout le mois de janvier, la stricte observance de cette loi n'allait pas sans présenter quelques difficultés. William essaya de la contourner en faisant remarquer que Mahomet ne connaissait vraisemblablement pas les pays arctiques au moment où il avait promulgué cette loi, mais ibn Abdullah resta inflexible. Allah avait créé le monde. Allah était, comme cela est écrit, le plus grand, celui qui n'engendre pas et n'est pas engendré. Et bien évidemment, il connaissait le nord-est du Groenland aussi bien que l'Arabie et les îles de la Sonde. Ici-bas, personne parmi ses fidèles ne devait manger au cours du neuvième mois. Ils pouvaient à la limite prendre un peu d'eau, mais cela constituait un tel aménagement des lois qu'il fallait prier d'autant plus fort et plus longtemps après.

William tint le coup deux jours. Ensuite il jeta son chèche, renroula son tapis de prière en peau de phoque et chargea le traîneau. Il fit des adieux *a minima* à son compagnon qui n'exprima aucun reproche, ni recommandation ou menace, puis William mit cap au nord afin d'entreprendre son retour, glissant sous la grande voûte céleste d'Allah, parsemée d'étoiles.

À peine était-il au Fortin du Roi, après seulement quatre heures de voyage depuis Hauna sur une glace luisante, qu'il fit halte et se prépara un énorme festin avec de la viande de phoque, de la graisse et deux paquets de pain suédois. Il mangea à s'en faire péter le ventre, s'emplit la bouche de tabac à priser et se coucha avec un profond soupir de satisfaction. Sa période musulmane avait été passionnante. Pleine de projets et d'espoir pour l'avenir. Maintenant il réintégrait sa bonne vieille vie, il était à nouveau seul au monde. Et c'était sûrement mieux comme ça. Avant de s'endormir, ses pensées tournèrent autour d'un schnaps de huit centilitres, descendu d'une goulée, et il quitta la journée avec un rire béat profondément ancré dans sa barbe noire et frisée.

La cabane de Fimbul était la première habitation depuis Hauna. Et William arriva au milieu d'une grosse bourrasque de neige, les joues mordues par le gel. On l'installa sur le banc et on lui servit un bon coup avant même qu'il ait eu le temps de quitter son anorak.

Valfred sourit et resservit.

— Alors, on se relâche un peu ? dit-il gentiment.

William hocha la tête.

— Je suis un renégat, déclara-t-il. Le jeûne, c'est la goutte qui a fait déborder le vase.

Puis il raconta à ses amis toute l'histoire du Ramadan et de la foi inébranlable d'Olav ibn Abdullah Frederiksen.

— Ce sera sa mort, prédit William gravement. Même le diable ne pourrait survivre dans ce pays sans se nourrir pendant un mois. Peut-être que ça va encore dans les pays chauds où le soleil se lève et se couche sans arrêt et où les gens peuvent se nourrir un minimum au cours de la nuit, mais ici c'est bye bye et point final.

Le Lieutenant croisa ses bras dans son dos et fit quelques élastiques flexions.

— Notre ami musulman n'aurait-il pas mal interprété toute cette histoire ? dit-il. Tel que je vois les choses, ce Ramadan tombe en pleine période sombre, à moins qu'il se soit planté dans ses calculs, et cela veut dire qu'il se trouve dans une longue période sans soleil et qu'il pourrait en fait manger vingt-quatre heures sur vingt-quatre pendant trois mois.

William le regarda, surpris.

— T'as raison, Hansen. Je crois que Frederiksen passe son temps à attendre le coucher du soleil. Mais le soleil s'est couché déjà en novembre. Mon Dieu, le pauvre, il a complètement perdu les pédales ! Il faut que j'y retourne, il faut l'arracher à cette noire ignorance.

Et c'est comme ça que cela se passa. Les trois hommes de la cabane de Fimbul partirent pour Hauna où ils trouvèrent un Frederiksen faible et amaigri. La phase de clairvoyance du jeûne était terminée, et le Musulman norvégien était épuisé, ne manifestant aucune lueur de compréhension quand William lui expliqua la réalité de la situation. Frederiksen maintenait avec entêtement qu'aucun aliment ne devait être absorbé entre le lever et le coucher du soleil au cours du neuvième mois, et comme il n'avait vu le soleil ni se lever ni se coucher depuis aussi longtemps qu'il se souvenait, il continuait de jeûner pour être sûr de ne pas enfreindre la loi. Il se traîna jusqu'au tapis de prière où il murmura des choses adressées à ses instances supérieures, en même temps qu'il faisait quelques exercices de gymnastique.

On tint une cellule de crise à Hauna. Les trois hommes en visite s'assirent sur la couchette de Frederiksen derrière la voile-rideau et tinrent conseil en chuchotant. Dans la pièce à côté, Olav ibn Abdullah était prostré sur son tapis de prière, le corps humblement plié jusqu'au sol et le visage tourné vers La Mecque dont il avait indiqué la direction par une flèche au plafond.

— S'il continue comme ça, il crève avant le retour du soleil.

Le Lieutenant écouta le murmure affaibli d'à côté.

— Mais je dois admirer la force de volonté de cet homme. Je n'ai vu ça qu'à l'armée. Fidélité à l'idéal. Pas de victoire sans bataille.

Valfred joignit les mains sur son gros ventre et soupira.

— Celui-là, à côté, vous ne lui ferez pas avaler la moindre miette avant le lever du soleil. Et cela arrivera... – il ferma les yeux et calcula en murmurant – pas avant treize jours, ici, à Hauna.

— Ça fait déjà plusieurs semaines qu'il jeûne, dit William. Il n'a même plus assez de forces pour entretenir la cuisinière. Et le froid consomme de la graisse. Il faut qu'on le réchauffe.

— Il faut qu'on le fasse boire, ajouta le Lieutenant. La déshydratation le tuerait à coup sûr.

Valfred avait fermé les yeux. Sa tête s'était affaissée vers sa poitrine et un léger ronflement roulait à travers les taillis broussailleux de sa barbe. Le Lieutenant, qui connaissait bien son compagnon, savait que Valfred réfléchissait et qu'il ne tarderait pas à proposer une solution au problème de Frederiksen. Et il ne fut pas surpris le moins du monde quand Valfred tout à coup ouvrit les yeux et sourit d'un air satisfait.

— Allez réchauffer et illuminer la cabane, vous deux, dit-il, pendant ce temps-là je vais bavarder un peu avec notre Abdullah.

Après la prière, on aida Frederiksen à remonter dans sa couchette. Le Lieutenant et William entreprirent de réchauffer la cabane avec la cuisinière et le Petromax. Valfred s'assit au bord de la couchette et regarda le Musulman avec affection.

— Alors, petit Frederiksen, voilà, voilà, voilà.

Valfred sortit ses dents du haut et entreprit d'en polir la porcelaine avec un bout de sa manche.

— C'est pas facile tout ça, ni les affaires de la chair, ni celles de l'esprit.

La lampe à pétrole que William avait suspendue dans la couchette répandait une lueur chaude sur le pénitent, et son regard glissa du visage de Valfred jusqu'à la lumière où il se fixa.

— T'es un mec particulier, Olav ibn Abdullah Frederiksen, continua Valfred une fois qu'il eut réinstallé sa prothèse. Tu ne considères rien pour acquis, si j'ai bien compris.

Valfred pressa fortement sa langue contre son palais pour bien fixer son attirail, testa la chose de plusieurs coups de langue appuyés et hocha la tête avec satisfaction. Puis il joignit à nouveau les mains sur son ventre et ferma les yeux. Pendant longtemps il resta ainsi, comme s'il dormait. Frederiksen, qui avait arraché son regard de la lueur de la lampe pour le laisser à nouveau reposer sur le gros visage de Valfred, sursauta quand celui-ci se remit à parler.

— Je pige pas comment t'as pu perdre la notion du temps à ce point-là. J'suppose que t'as quand même une montre ?

Olav ibn Abdullah hocha la tête faiblement.

— Je n'ai jamais vu le soleil se coucher, chuchota-t-il, j'savais plus si on était le jour ou la nuit.

Nouvelle longue pause. Puis Valfred ouvrit les yeux et sourit :

— Ouais, c'est facile de perdre les pédales dans tout ça, je l'admets. Si on n'est pas bigrement scrupuleux avec le temps, il file sans qu'on sache où il est passé.

Abdullah Frederiksen sourit à cet aveu. Il ressentait de la sympathie pour Valfred qui comprenait si bien les choses. Encore une longue pause bienfaisante, où chacun eut le temps de réfléchir à son aise. Puis Valfred dit :

— Tu sais, Frederiksen, le Lieutenant, il a de l'ordre dans toutes ces affaires concernant le temps. C'est un ancien militaire. Il a une breloque huit jours avec un soleil et une lune qui montrent tour à tour où on en est. Si tu veux, on pourrait demander à Hansen si des fois il nous montrerait pas sa tocante.

Avec effort, Frederiksen leva la tête légèrement au-dessus de l'oreiller.

— T'es sûr qu'elle est juste, sa montre ?

— Depuis qu'Hansen et moi vivons ensemble, elle n'a jamais défailli. De temps en temps, elle m'a un peu agacé *because* tous les soirs elle joue l'hymne national. En réalité, c'est pas la breloque du Lieutenant. Il l'a achetée à Bjørken qui l'avait retirée du ventre d'un ours qui avait mangé un inspecteur en zoologie lequel était le propriétaire d'origine de cette pendule, avant de se faire bouffer, mais ça c'est une tout autre histoire.

— Fichtre !

Frederiksen ferma à moitié les yeux pour se concentrer sur la trajectoire de la pendule.

— Ça veut dire que nous pourrions savoir si c'est le jour ou la nuit ?

— Bien sûr, répondit Valfred. Et comme nous ne savons pas exactement quand c'est le lever et le coucher du soleil, tu pourrais fixer tes repas au milieu de la nuit, comme ça tu serais sûr de pas déborder.

Valfred se leva et tapota de manière encourageante une des mains décharnées de Frederiksen.

— Je vais voir avec Hansen où on en est. Reste, et profite du bon temps.

Peu de temps après, Olav ibn Abdullah Frederiksen entendit les notes aigrelettes de l'hymne national et avant la fin de la ritournelle Valfred était de retour.

— T'entends, Frederiksen ? Il est onze heures du soir. Faudrait régler ta montre, comme ça tu pourras surveiller l'heure toi-même. Et puis, avec ta permission, je propose de ramener la table de la cabane annexe, qu'il y ait un peu de place pour nous tous pour le dîner que William est en train de préparer.

Le chasseur de Hauna retrouva rapidement ses forces. Grâce aux talents de cuisinier de William ainsi qu'aux petits soins de tout le monde, Frederiksen commença, dès la semaine qui suivit leur arrivée, à accompagner les autres dans leurs tournées sur le district pour contrôler les pièges.

Mais ils ne le quittèrent pas avant que la première lueur du soleil ne se soit manifestée au-dessus des montagnes derrière Hauna, ce qui arriva à peu près en même temps que la fin du neuvième mois des Musulmans.

Pendant le voyage de retour, Valfred se reposait dans les peaux de voyage en se réjouissant du vent de la vitesse, pendant que le Lieutenant Hansen marchait énergiquement derrière le montant.

— Dis donc, petit Hansen, rigola Valfred, peux-tu me dire si c'est le soleil ou la lune actuellement ?

Hansen eut un bref ricanement militaire.

— La lune, répondit-il, le soleil ne marche plus depuis le séjour de la breloque dans le ventre de l'ours.

— Ah oui, faut faire attention de ne jamais rien tenir pour acquis, rigola encore Valfred. Vaudrait peut-être mieux que je me fasse un petit somme, des fois qu'on soit au beau milieu de la nuit.

Le corbeau

« Avoir un bon copain, voilà c'qu'il y a d'meilleur au monde, oui, car un bon copain, c'est plus fidèle qu'une blonde... »

Ritournelle bien connue.

Interloqué, Lodvig abaissa son fusil :
— Non, mais ! Regardez-moi ça ! murmura-t-il.
Du ciel sombre un corbeau plongeait avec un cri strident sur le jeune lièvre des neiges que Lodvig tenait dans son viseur l'instant d'avant. Le levraut se retourna sur lui-même, tenta un bond de côté, mais l'aile noire et raide du corbeau, le frappant aux reins, le fit culbuter. Le corbeau plongea alors ses griffes dans la gorge du jeune animal, piquant férocement ses grands yeux terrorisés. Le lièvre tenta une roulade désespérée dans la neige pour décrocher le corbeau de son dos, mais le gros oiseau s'agrippa, continuant à mutiler la tête du lièvre de son bec meurtrier.
Lodvig frotta l'œilleton de visée de son fusil et décocha une cartouche bourrée de plomb de 3. La décharge atteignit au poitrail le lièvre qui s'affaissa, et du coup n'accorda plus aucune attention aux sinistres

intentions du corbeau. La neige sous le lièvre se teignit de rouge, le corbeau couvrant le corps blanc comme une ombre noire.

Lodvig se redressa. Il enfourna une nouvelle cartouche dans son vieux Stevens et traîna les pieds jusqu'au gibier abattu. Il regarda un moment les deux animaux. Puis il sortit sa pipe et la bourra posément. Quand il l'alluma, il constata qu'elle ne tirait pas bien ; il se baissa donc pour arracher une plume de corbeau, histoire de l'utiliser comme cure-pipe. Mais à peine avait-il effleuré l'oiseau que celui-ci, avec un cri rauque, arracha ses griffes du lièvre, battit des ailes et s'éloigna de quelques mètres.

— Alors là, non ! cria Lodvig, un rien froissé. Tu devrais être mort, et bien mort, comme ton petit camarade, le lièvre là. Couche-toi donc, n'insiste pas, que je puisse curer ma pipe.

Mais le corbeau ne l'entendait pas de cette oreille. Il battait hardiment des ailes quand Lodvig se rapprochait, sifflant, criant, ouvrant grand son bec. Lodvig avait droit à une vue plongeante dans un gosier noir. Lodvig épaula son fusil, par crainte de voir s'échapper son cure-pipe, mais quelque chose le retenait.

— T'es un dur à cuire, on dirait, murmura-t-il, et il s'accroupit pour observer de plus près l'oiseau à la faible lueur des étoiles. Un vrai héros polaire, dis donc, plaisanta-t-il, et qui ne reste pas à flemmarder au nid, même s'il fait un froid à vous gercer le croupion.

Il avança la main, et récolta un sévère coup de bec dans la chair entre le pouce et l'index. Il lécha le sang d'un air méditatif et hocha la tête avec admiration. Puis, d'un geste bref, il tendit le bras et agrippa le cou du corbeau. Quand il la souleva, la bestiole se défendit en battant des ailes, jacassant et roulant de furieux yeux noirs.

— On dirait que t'as la patte cassée, lui dit Lodvig, et qu'une de tes ailes fuit comme une passoire. Maintenant tu vas venir avec moi, tu vas rentrer à l'atelier te faire rafistoler, parce que m'est avis que t'es un putain de vieux baroudeur exactement comme je les aime.

Il porta le corbeau jusqu'au traîneau, et l'enfonça malgré moult stridentes protestations dans le sac du traîneau qu'il serra avec une lanière en cuir. Puis il ramassa le lièvre et mit cap sur Ross Bay.

Il était de notoriété publique que Lodvig préférait la compagnie des animaux à celle des humains. Plusieurs années durant, il avait hiberné avec son chien Laban, et quand Laban eut déposé ses kamiks, Lodvig avait cohabité avec une génisse musquée répondant au délicat sobriquet d'Alice, jusqu'au jour où ladite Alice, se révélant être un vigoureux taureau, avait rejoint ses congénères, succombant à l'appel de la nature.

Lodvig et son corbeau firent une paire hors pair qui eut tôt fait d'alimenter les conversations de toute la Côte. Personne ne considérait la relation entre Lodvig et le corbeau comme une bizarrerie, non, on se réjouissait au contraire que Lodvig ait trouvé un nouveau compagnon de station, quelqu'un avec qui parler, en plus sans jamais risquer d'être contredit.

Et ça, pour parler, Lodvig parlait ! Il posa une attelle autour de la patte malade du corbeau, extirpa les plombs de son aile, après avoir neutralisé son dangereux bec avec un kamik de chien. Puis, il prépara le lièvre qu'il partagea équitablement entre son hôte ailé et lui-même.

— Voyons voir, camarade, chantonna-t-il, après avoir retiré le bâillon du bec du corbeau, ça, c'est un repas de fête. Toujours mieux que les crottes de lièvre desséchées que t'ingurgites d'habitude !

Il poussa une assiette de bonne viande tendre vers le corbeau qui, désorienté, clignait de ses grands yeux noirs. Il essaya de s'éloigner de Lodvig en tapant des ailes, mais elles étaient solidement serrées au corps avec du fil à raccommoder les voiles. Alors, il essaya de prendre ses distances en sautillant. Mais sa patte refusait de le porter et il s'affala sur le côté. Lodvig le remit debout et écopa d'un coup de bec au poignet en guise de remerciement.

— D'accord, d'accord, dit-il, débonnaire, j'suppose que j'dois pas m'attendre à trop de gentillesse à partir du moment où je t'ai truffé la carcasse de plombs. Mais maintenant, viens bouffer, faut que tu te refasses une santé. J'te foutrai la paix.

Puis il tourna le dos à l'oiseau, tira une chaise jusque devant la cuisinière, et posa les pieds sur la rambarde en laiton. Il ouvrit le journal du jour, de l'année précédente s'entend, et se mit à lire à haute voix les nouvelles de Lemvig, bled paumé s'il en est, dans le nord du Jutland.

Presque un mois s'écoula avant que la patte du corbeau ne soit assez cicatrisée pour qu'il puisse à nouveau reposer dessus sans aide. L'aile était comme neuve, seuls subsistaient quelques sérieux manques dans les plumes de la queue, ce qui, de l'avis de Lodvig, ne devait toutefois pas occasionner de déviation de trajectoire trop gênante.

— Tu t'y feras, Gaston, lui souffla-t-il pour le consoler, j'peux pas te dire si tu risques de tirer vers bâbord ou vers tribord, mais je suis sûr que tu vas toi-même trouver la combine quand t'auras pris de l'altitude.

Il appelait le corbeau Gaston parce que c'était là le plus beau prénom à son goût, et un prénom qui de surcroît allait comme un gant à un oiseau aussi noir et brillant.

Puis vint le jour où Gaston allait essayer son premier envol depuis la tentative d'assassinat dont il avait été victime. Lodvig le porta au-dehors et le posa sur la neige devant la porte. Gaston tourna la tête avec de petits mouvements saccadés, déploya les ailes et commença à se lisser les plumes à l'aide d'une de ses pattes.

— Oui, c'est comme ça qu'il faut faire, approuva Lodvig. Vérifie soigneusement l'ensemble de ta combinaison de vol avant de partir, mon petit Gaston, ça vaut mieux pour éviter de se casser le cou.

Lodvig regarda son protégé avec affection. Il s'y était habitué, et c'était le cœur gros qu'il le relâchait maintenant dans la nature. Mais Lodvig n'était pas du genre à imposer sa compagnie à qui que ce soit. Un vieux flibustier comme Gaston, chez lui c'est dans les hautes montagnes, selon Lodvig, et pas dans une minuscule cabane de chasseur. Et à présent que le corbeau était pour ainsi dire flambant neuf, il était du devoir de Lodvig de lui rendre sa liberté, celle-là même qu'il lui avait ôtée un temps d'un regrettable coup de fusil.

Le corbeau boucla la check-list en se gonflant et en se secouant afin de remettre toutes ses plumes en place. Puis, il sautilla par-ci par-là sur la neige durcie pour engouffrer de l'air sous les ailes. Enfin, avec un cri strident, il s'éleva vers le ciel blafard. Lodvig le regarda partir d'un air triste, et il resta planté là jusqu'au moment où les cris furent entièrement absorbés par le grand silence hivernal qui couvrait le pays.

Ce soir-là, Lodvig n'arriva pas à se concentrer sur la lecture du journal ; c'était pourtant l'édition du dimanche, avec seize pages. Il était assis devant la cuisinière, tirant sur sa pipe, et se sentant un peu déprimé. D'abord Laban, ensuite Alice, et maintenant aussi son cher Gaston. Il ferma les yeux et vit l'oiseau magnifique devant son œil intérieur. Gaston planait au-dessus de la montagne, porté par ses ailes raides et pointues, la tête courbée vers le sol, guettant ses proies.

— Pauvre bestiole, murmura Lodvig, c'est fichtrement difficile de trouver de quoi croûter dehors en cette saison.

Il se leva avec un soupir et alla se couper quelques tranches du gigot de bœuf musqué qu'il avait ramené de la cabane annexe. Une fois le feu de la cuisinière transformé en braises, il balança les biftecks sur les rondelles chauffées à blanc, les sala, les poivra, les flamba enfin avec une bonne gorgée d'eau-de-vie pour donner à la viande un fumet corsé. Il versa les biftecks sur une assiette émaillée et la posa sur la table.

Et au moment précis où il venait de se couper un premier morceau et le portait à sa bouche, quelqu'un frappa à la porte.

Il leva la tête, surpris.

— Putain de bordel, c'est quoi encore, grogna-t-il. Jamais moyen d'être un peu tranquille !

Il avait eu la visite de Siverts quelques mois auparavant et n'appréciait pas outre mesure d'être à ce point accablé de mondanités.

On frappa à nouveau. Lodvig se leva, à contrecœur, cacha la bouteille d'eau-de-vie sous sa couchette, au cas où, et alla ouvrir la porte. Dehors se tenait Gaston, la tête penchée de côté, clignant des yeux, regardant droit dans ceux de Lodvig.

— Gaston ! s'exclama Lodvig, surpris. C'est bien toi ?

Un grand sourire partagea sa barbe rousse en deux.

— Mais entrez donc, cher ami, venez vite vous mettre à table, Monsieur est servi.

Gaston sauta le seuil de la porte et pénétra dans la pièce. Il tourna la tête vers la table et inspira la bonne odeur de viande grillée à l'instant. Puis, à l'aide de ses grandes ailes, il fit un bond élégant du pas de la porte jusqu'à la table où il se mit à picorer goulûment les biftecks de Lodvig.

Ravi, Lodvig eut un rire sonore. Il ressortit la bouteille d'eau-de-vie et s'en versa une dose des grands jours. Il en versa aussi un peu à Gaston qui y plongea son bec délicatement, buvant le liquide réconfortant tout en émettant des petits glouglous ravis.

Suite au retour du corbeau, une belle amitié durable s'édifia. Gaston passait le plus clair de son temps à la maison. Il en adorait la chaleur, c'était comme un éternel jour d'été, il profitait des arts culinaires de Lodvig et écoutait avec attention tout ce qu'il lui disait. Le corbeau se sentait surtout comme un coq en pâte sur l'épaule droite de Lodvig. De là, il pouvait picorer gentiment ses oreilles dodues et émettre des petits grognements d'aise, pas très éloignés des sons qu'émettait Lodvig lui-même quand il avait siroté un bon schnaps.

De temps en temps, Gaston avançait jusqu'à la porte que Lodvig s'empressait d'ouvrir. Alors, Gaston se prenait un bon et long bol d'air au-dessus du pays, histoire de respirer l'air glacial et de sentir les forces revenir dans son grand corps et jusqu'au bout de ses longues ailes.

Un jour, Gaston dévoila un talent qui fit monter les larmes aux yeux de Lodvig. Gaston se trouvait sur l'épaule de Lodvig, ils étaient en route pour inspecter les pièges à renards au nord de Ross Bay. Les quatre chiens de Lodvig trottaient tranquillement sur une neige compacte, et Lodvig courait lui-même sur ses skis, une main posée sur le montant du traîneau. Gaston oscillait sur l'épaule de Lodvig, tout à la joie du périple. Soudain, Gaston avança sa tête vers l'oreille de Lodvig et hurla « Espèce d'enfoiré ! » haut et fort. Lodvig faillit en tomber à la renverse. Rassemblant toutes ses forces, il réussit à se hisser sur le traîneau où il se laissa tomber comme une masse, les skis pendant sur le côté.

Il mit un doigt devant Gaston qui, délicatement, quitta son épaule pour monter sur sa main.

— Qu'est-ce que t'as dit ? demanda-t-il, intrigué.

— À droite, à droite ! hurla Gaston, et les chiens se mirent lentement à tirer vers la droite.

— Fichtre ! murmura Lodvig.

Il plongea son nez dans le corps puissant de l'oiseau, se le frottant contre les plumes noires.

— Tu vas peut-être aussi te charger de mener le traîneau maintenant, espèce de voyou ?

Bien sûr, Lodvig se sentit obligé de faire le tour du district pour présenter son compagnon, vu qu'il parlait. Il était fier comme un papa dont l'enfant vient de balbutier ses premiers mots. En route vers Grover Bay, Gaston discutait avec animation. De temps en temps, il prenait son envol et planait juste au-dessus des chiens, avec un ricanement tonitruant. Mais une fois arrivé à la ferme expérimentale, il se fit muet. Plus moyen de lui arracher un mot, malgré les supplications désespérées de Lodvig. Le Comte et Volmersen échangèrent des regards entendus, mais ne se hasardèrent cependant aucunement à mettre en question le fait que le corbeau puisse parler.

À Fimbul non plus, Gaston ne consentit pas à déballer un mot. Il observait Valfred et le Lieutenant avec suspicion et gardait le bec résolument cloué. Valfred essaya de lui délier la langue en versant de l'eau-de-vie de myrtilles dans une boîte à sardines. Gaston ingurgita le schnaps avec volupté, s'envola pour prendre place sur l'épaule de Lodvig où il s'abandonna, après une longue crise de hoquet, à un coma éthylique.

Lodvig essaya de ne pas montrer sa frustration. Après une nouvelle visite décevante, cette fois-ci chez Siverts et Petit Pedersen, il s'en retourna chez lui.

— Non, c'est pas que je te reproche quoi que ce soit, mon petit Gaston, expliqua-t-il à l'oiseau, tu fais comme tu veux. M'enfin, t'aurais quand même pu leur déballer un mot ou deux. D'un autre côté, j'comprends bien ta méfiance. Parce que si t'avais jacté sans arrêt comme tu fais quand on est seuls, ils se seraient peut-être mis en tête que t'étais quelque chose de spécial, et ils auraient été foutus de t'expédier au Danemark pour te présenter à la science. Et crois-moi, se retrouver dans les griffes de la science, c'est pas de la tarte ! Parce qu'ils te découperaient sans crier gare, histoire de voir comment sont faites tes cordes vocales, et une fois qu'ils auraient étudié tout ton intérieur, ils te mettraient avec de l'alcool dans un bocal et te montreraient à n'importe qui comme un phénomène.

Lodvig frissonna à cette idée-là, et n'osa même pas pousser sa pensée plus avant.

Au mois de février, soit un an environ après la guérison de Gaston, Lodvig fut victime d'un accident. Gaston et lui étaient partis poser des filets pour piéger des phoques. La malchance voulut que Lodvig coince ses skis dans une congère, tombe sur le côté et se casse une jambe dans l'aventure. Il hurla de douleur, ce qui précipita les chiens dans une course folle, ses hurlements étant d'un caractère inconnu, donc beaucoup plus inquiétants qu'à l'accoutumée. Tous les chiens contournèrent, au grand galop, une rangée de récifs bas et disparurent, cap sur Ross Bay.

Avec maints gémissements et force jurons, Lodvig réussit à se défaire de ses skis, et quand il tâta sa jambe, il sentit l'os pointer juste sous la peau. La douleur était insoutenable. Il essaya de l'exorciser en vociférant, ce qui fit décoller Gaston qui se mit à lui tournoyer au-dessus nerveusement.

Assez vite, quand le froid commença à s'abattre sur Lodvig, la douleur se calma. Il essaya de se mettre debout, mais il lui était impossible de peser sur sa jambe. Il tenta d'utiliser les skis comme béquilles, mais retomba sur la glace.

Gaston se posa, sautillant avec curiosité.

— Quelle merde, Gaston, gémit Lodvig. Maintenant, y a plus qu'à tirer l'échelle et fermer le rideau.

Il se renversa sur le dos et se mit à contempler le ciel étoilé. Gaston s'approcha par petits sauts, picorant les longs poils sortant de ses oreilles.

— Demain, toi et tes collègues, vous pourrez festoyer avec le cadavre du vieux Lodvig, chuchota-t-il d'une voix rauque, et il leva la main pour caresser affectueusement le dos du corbeau. Tu devrais partir faire un tour, Gaston, un long et beau vol, parce que dans des moments comme ça, eh ben, j'crois qu'on préfère être seul.

Gaston sauta sur son ventre et observa, aux aguets, l'étendue de glace. Puis, il poussa un cri strident, frappa des ailes, courut quelques mètres et s'envola. Il fit quelques plongeons sur Lodvig, remonta ensuite en une gigantesque spirale, jusqu'au moment où Lodvig ne vit plus qu'un tout petit point noir sur le ciel blafard.

— Adieu, camarade, soupira Lodvig, et il sentit ses yeux se mouiller.

Lodvig avait froid. D'abord, ce fut un froid pour ainsi dire normal, mais au bout de quelques heures, il commença à trembler de tout son corps. Les secousses réveillèrent les douleurs de sa jambe, des douleurs à ce point violentes qu'il se mit rapidement à suer. La sueur se déposa entre sa peau et son maillot de corps de laine grise en une croûte de fine glace qui grinçait et cassait chaque fois qu'il bougeait. Il resta sur le dos parce que les douleurs l'empêchaient de se tourner, et il sentait une étrange fatigue se diffuser en lui à partir de ses reins qui reposaient sur la glace dure.

— On devrait sûrement s'entasser un peu de neige autour du corps, murmura-t-il.

Et il essaya d'enfoncer les doigts dans la neige gelée. Mais il renonça presque aussitôt. « Mauvaise idée, se dit-il. Vaut mieux que ça arrive vite. » Ses pensées allèrent aux vieux Eskimos que l'on déposait sur la glace pour qu'ils meurent. On les installait sur une peau de phoque usée, on enlevait la bourre isolante de leurs kamiks, et on les laissait, seulement habillés d'un pantalon et d'un anorak, sans sous-vêtements. L'idée n'était somme toute pas si déplaisante que ça, pensa Lodvig. Les anciens savaient mourir avec dignité quand la vie n'avait plus grand-chose à vous offrir. Peut-être devait-il même essayer de se redresser pour jouir de la nature qui l'entourait, comme le faisaient les anciens avant de déposer définitivement leurs kamiks.

Dans un suprême effort de volonté, Lodvig réussit à se hisser en position assise. Il rejeta le capuchon de son anorak et regarda autour de lui. Le jour était en train de se lever : à l'est, le ciel était légèrement saumon. C'était le mois de février et le soleil allait se montrer à nouveau au-dessus de l'horizon, pour la première fois, d'ici quelques jours. Un peu plus tard, la moitié de la voûte céleste rougeoya, et les étoiles pâlirent pour ensuite s'éteindre presque complètement. La lune était suspendue comme un oulou, le couteau courbe des femmes, juste au-dessus des hautes cimes de l'avant-pays. La glace autour de Lodvig devint comme vivante dans des lumières roses et violettes. Il voyait tout ça comme pour la première fois, et il se sentit gagné par un sentiment de grande solennité qui lui serra la gorge, un peu comme s'il allait pleurer. Lodvig écouta le silence, les soupirs de la glace alentour et sa propre respiration. Et il entendit les bruits de la fine croûte gelée qui craquait et s'effritait sous son maillot en laine.

Lodvig ne sut jamais combien de temps il resta assis à contempler la nature du nord-est du Groenland. Le temps cessa d'exister. Ou plutôt, le temps se transforma peu à peu, au fur et à mesure que Lodvig gelait à cœur, en quelque chose d'éternel. Les tremblements avaient cessé, et la jambe cassée n'était plus qu'une sorte d'appendice de son corps auquel il ne prêtait même plus attention. Ses pensées s'écoulaient lentement, et ses yeux seuls enregistraient encore ce qu'ils voyaient. Il s'efforça de penser que le paysage était beau, et que c'était une merveilleuse image à emporter d'ici-bas, mais l'image changeait si vite qu'il n'arrivait pas à déterminer ce qui était si merveilleux. Un instant, la baie baignait dans une lueur rose, céleste, reflétant la glace, l'instant d'après l'eau était libre et transportait de grands icebergs sur un fond de montagnes couvertes de grosses mottes de pavots jaunes. Lodvig soupirait, émerveillé, et la glace sous ses vêtements tintait comme des clochettes.

Si on avait demandé à Lodvig comment il se sentait, en admettant qu'il ait été capable de répondre, il aurait sans doute déclaré que tout allait bien. Il avait chaud, il n'avait mal nulle part, il était simplement en train de mourir, entouré d'une très grande beauté.

Mais soudain un bruit inconnu lui écorcha les oreilles, un bruit agaçant qui l'arracha à son état d'extase. Il leva la tête avec difficulté et écouta. Il essaya d'identifier le son, mais sans succès. Puis, lentement, il laissa son regard balayer la glace, et là-bas, loin dans l'océan de rose, il eut l'impression de distinguer une ombre qui bougeait. Quelques instants plus tard, ses oreilles congelées saisirent les bribes d'une voix criarde :

— À gauche, à gauche. Ho, ho, espèce d'enfoiré, ho, ho !

Lodvig ouvrit grand les yeux. Une chaleur venue de l'intérieur lui embrasa tout le corps, la douleur de la jambe revint et lui fit pousser un hurlement de torturé. Il arracha du bord de l'anorak sa barbe qui avait formé un bloc de glace, et étira le cou.

— Ho, ho, hurla une voix, à la tienne, pistolero de mes deux !

Et hors de cette lumière somptueuse – que Bjørken dans un moment de lyrisme avait un jour qualifiée de « couleur de bordel » – glissait un traîneau. Avec Gaston sur le montant, claquant ses ordres par-dessus le dos des chiens.

À quelques mètres de Lodvig, les chiens s'arrêtèrent au son d'un long « Aiii » de Gaston, ils se jetèrent, haletants, dans la neige où ils se roulèrent.

Le corbeau pencha la tête sur le côté et regarda Lodvig. Puis il dit « alors, couille de vache », et ça deux fois, avant de hennir comme un vrai cheval. Lodvig s'efforça de sourire malgré la carapace de glace qui lui figeait la bouche, et se tira à l'aide des bras, à reculons, vers le traîneau. Chialant de douleur, il réussit à se hisser sur le véhicule, de façon à s'étendre dos au montant, la jambe cassée posée sur le tas de filet à phoque. Quand il eut retrouvé son souffle, et que les douleurs se furent un brin calmées, il se pencha en arrière, avança la main et gratta le corbeau dans les plumes de la nuque.

— Putain, quel compagnon, dit-il, des sanglots dans la voix. Vas-y, Gaston, tu peux les faire démarrer.

Le lendemain, ils arrivèrent à Cap Rumpel, où Doc lui remit la jambe en place et posa un plâtre. Lodvig avait ingurgité en guise d'analgésique un mélange d'eau-de-vie et de poudre de perlimpinpin, et il gisait dans la couchette de Mortensen, Gaston sur son ventre.

Doc lui porta du café et s'assit sur le bord de la couchette. Il contempla avec curiosité le grand oiseau noir, qui lui retourna son regard, ses yeux perçants remplis de méfiance.

— On peut apprendre à parler à ce genre de bestiole, dit-il. Il sait parler, ton corbeau, Lodvig ?

Lodvig secoua la tête. Il gratta Gaston sous le ventre, et l'oiseau se gonfla pour ensuite ramener son corps sur ses pattes, avec une évidente volupté.

— S'il parle ? répondit-il. Pas un traître mot, Doc.

Lodvig fit un clin d'œil à Gaston qui, déjà à moitié endormi, le lui rendit.

Monsieur Gustavsen

... où Bjørken de Bjørkenborg se livre à quelques confidences sur son acharnement à acquérir des connaissances – fussent-elles aléatoires – et où l'on comprend que sa reconnaissance envers Monsieur Gustavsen tient à une affaire dont fit les frais le bon Capitaine Olsen.

Cette année-là fut inhabituelle. En décembre, le temps se ravisa et on se retrouva avec une douceur printanière au beau milieu de l'hiver le plus sombre. Bjørken et Lasselille étaient partis faire une tournée de chasse. Lasselille avait posé de nouveaux pièges jusque dans le Fjord de la Danse, et Bjørken avait eu envie de l'accompagner dans ce long périple. Bjørken aimait bien voyager avec son apprenti d'autrefois, parce que Lasselille était un vrai buvard : il absorbait avidement tout le verbiage philosophique de son chef de station. En revanche, Bjørken n'avait jamais réussi à expliquer quoi que ce soit à Museau, à part quelques menus détails de la vie quotidienne. Malgré les nombreuses années passées ensemble, Bjørken n'avait jamais pu sensibiliser l'intellect de son compagnon à des sphères de réflexion plus élevées.

Pour l'heure, Bjørken et Lasselille naviguaient donc tranquillement en traîneau sur une glace durcie par le vent venu du Fjord des Lièvres, à plus d'une semaine de route de Bjørkenborg. La vitesse était convenable parce que la neige était bien tassée et les chiens en pleine forme, comme souvent en hiver ; c'est en effet une saison au cours de laquelle ils passent trop de temps à l'attache, impatients de partir.

Bjørken déplia son dos courbé et étira son cou. Il renifla, nez au vent, se moucha impétueusement, éjecta la morve d'un revers de moufle, et renifla à nouveau.

Lasselille contemplait son maître avec admiration.

— Dis donc, Bjørk, t'es en train de repérer la route ?

Il avait entendu dire qu'il arrivait au Capitaine Olsen de déterminer la position de la *Vesle Mari* en puisant un seau d'eau de mer et en la reniflant ; il en conclut donc que Bjørken était capable du même exploit, mais avec le vent.

Bjørken ignora la question de Lasselille, question qui pourtant, dans des conditions normales, aurait constitué l'occasion rêvée d'un long et méticuleux exposé sur l'art de la navigation et la maîtrise de l'orientation. Il s'agenouilla et continua à renifler. Puis, il hurla aux chiens de stopper et sauta à terre.

— Il y a de l'humidité dans l'air ! cria-t-il. Allez, on monte la tente à la vitesse grand V, parce que là, il va faire vraiment mauvais !

— Eh ben, dis donc !

Lasselille sourit, l'air béat.

— Toi, tu sais vraiment tout, Bjørk, comment tu fais ?

Bjørken ne répondit pas. Il dénoua les arrimages et commença à décharger. La tente fut montée en un rien de temps, et pendant que Lasselille était chargé de couvrir la tente de neige à la pelle, Bjørken rentra leur matériel. Ce qui ne put trouver place à l'intérieur fut déposé au bout de la tente, et Lasselille reçut l'ordre de bien couvrir de neige ces affaires-là aussi.

Ils avaient tout juste eu le temps de retourner le traîneau et d'en enfoncer profondément le montant dans la neige que déjà les premières rafales se déchaînèrent. Les chiens, inquiets, se levèrent dans leurs attaches.

— Détache-moi les gros culs de vaches, siffla Bjørken, sinon ils vont être soulevés et étranglés par leurs colliers.

Lasselille se précipita vers la chaîne et détacha les chiens, l'un après l'autre. Pendant un petit moment, ils coururent ici et là, à fureter, puis ils se couchèrent autour de la tente, se pelotonnèrent confortablement, la queue sur le museau. Un vieux diable qui avait perdu la majeure partie de sa queue souleva une patte arrière et glissa son museau dessous, histoire de faire comme les autres : réchauffer un brin l'air glacial avant de l'inhaler dans les poumons.

Puis l'enfer éclata. Sous la mince toile de la tente, Bjørken et Lasselille surveillaient les parois qui claquaient sous les rafales du vent. Lasselille hurla quelque chose, à quoi Bjørken ne répondit que par un hochement de tête. Impossible de communiquer tant que durerait la tempête.

La tente tenait le coup, et Bjørken espérait bien que ça continuerait. Pour égayer un peu l'atmosphère, il alluma le réchaud et mit à bouillir de la viande. Très vite, il fit plus chaud. Ils crurent d'abord que ça venait du réchaud, et Lasselille quitta son anorak, puis son pull islandais. Même Bjørken, d'ordinaire assez frileux, passa son tricot gris par-dessus sa tête pour se retrouver, en sueur, dans un maillot de corps tout aussi gris.

— Putain, quel sauna ! hurla-t-il à son compagnon. Coupe le réchaud, la viande doit être prête.

Lasselille obéit, et ils dégustèrent en silence la bonne viande de phoque. Mais la chaleur perdurait. Elle saturait la tente et rendait l'atmosphère presque suffocante. Pendant des heures ils contemplèrent la toile de la tente. Sous leurs maillots de laine, la sueur leur dégoulinait désagréablement sur la peau. Pour finir, Bjørken balança même son maillot, révélant ainsi ses tatouages, son trois-mâts carré qui, soulevant une vague impressionnante, sillonnait sa poitrine creuse, ainsi que le dragon cracheur de flammes, lequel appartenait d'ailleurs en pleine propriété à William-le-Noir qui le lui avait échangé contre les droits sur Emma, la vierge froide.

Lasselille fit comme son chef, un peu gêné, eu égard à sa décoration à lui, plus modeste, un champ marron sur lequel un laboureur peinait avec ses deux chevaux.

Le vent se calma un peu au cours de la nuit. Bjørken desserra les lacets de l'ouverture et sortit la tête.

— Wah ! Pute vierge ! s'exclama-t-il. Il pleut ! Que le diable m'écorche s'il ne tombe pas une pluie fine et douce en plein milieu de l'hiver le plus rude !

Lasselille sortit un bras.

— Dis donc, Bjørk, c'est pas chouette, ça ? On a même plus besoin de faire fondre de la glace pour l'eau du café, hein ?

— Idiot !

Bjørken referma l'ouverture, se rassit sur son sac de couchage et se mit à réfléchir.

— C'est comme qui dirait ce qui pouvait nous arriver de pire, dit-il d'un air sombre. Maintenant la neige va ramollir, les patins vont s'enfoncer jusqu'aux planches du traîneau, les chiens vont surcharger leurs pattes et leurs chevilles vont enfler. On peut tranquillement abandonner toute idée de chasse, vu que les bœufs ont depuis belle lurette trouvé refuge dans les hauteurs, où nous n'avons aucun moyen de les suivre.

— Ben, pourquoi qu'ils ont fait ça, Bjørk ?

— Parce que l'air chaud n'y monte pas à cause de l'inlandsis, répondit Bjørken. Mais ce n'est pas le plus terrible.

— C'est quoi le plus terrible, Bjørk ?

— C'est que la totalité du nord-est du Groenland va se transformer en une gigantesque patinoire dès qu'il se remettra à geler. Et toi, dès que tu vas sortir de la tente, tu vas te retrouver sur le cul, et les pattes des chiens vont se dérober, ils ne vont pas pouvoir tenir debout. Et puis tes pièges seront couverts de glace, ils pourront donc plus se déclencher, alors pas la peine d'aller les inspecter, en admettant encore qu'on puisse partir d'ici.

Bjørken gratta un temps les cumulus qui flottaient au-dessus du trois-mâts carré.

— Ça ne m'est arrivé qu'une seule fois auparavant, dit-il. C'était avant ton temps, à l'époque où Museau et moi on avait un compagnon qui s'appelait Monsieur Gustavsen. Au jour d'aujourd'hui, j'ignore encore son prénom, vu qu'il ne l'a jamais révélé à personne. Il avait simplement dit Monsieur Gustavsen en se présentant, et s'en est tenu à ça.

— Raconte-moi des petites choses sur ce monsieur, quémanda Lasselille. Juste pour faire passer le temps un peu plus vite.

Bjørken hocha la tête. Parce que c'était bien son intention.

— Tu vas d'abord faire du café et sortir la bouteille d'eau-de-vie, puis je te parlerai un peu de ce Monsieur Gustavsen qui était un homme hors du commun, et qui en savait des choses !

C'est seulement une fois qu'ils se furent bien installés, chacun son quart tout bosselé en main, que Bjørken retira des vastes archives de sa mémoire l'histoire de Monsieur Gustavsen. Il appuya son dos voûté contre la caisse de provisions, déployant ses longues jambes devant lui. Le trois-mâts carré se rétrécit jusqu'à la taille d'une yole quand, plein d'entrain, il releva les épaules et se secoua afin de s'installer le plus confortablement possible.

— Y a des gens qui savent tout, commença-t-il, ou qui, du moins, croient tout savoir. Certains d'entre eux sont à ce point convaincants en vous assénant des preuves, qu'on les considère, dans nombre de cas, comme on ne peut plus crédibles.

Lasselille se pencha en avant, ses yeux suspendus aux lèvres du maître. Il ouvrit la bouche légèrement et sa respiration s'accéléra, concentration oblige. L'ouverture un brin solennelle de Bjørken touchait à la limite supérieure de l'intelligible, raison pour laquelle Bjørken, fort de son expérience, laissa un peu de temps au jeune homme pour intégrer les mots. Quand Lasselille, d'un léger hochement de tête, signifia que ça y était, que le message était grosso modo déchiffré et enregistré, Bjørken continua.

— Avec Museau, nous avons transporté Monsieur Gustavsen et son matériel jusque chez nous, depuis Cap Thompson où nous étions allés à sa rencontre. Nous utilisions bien sûr le « Bœuf à pétrole » qui déjà à cette époque, tout comme aujourd'hui, avait un certain mal à fonctionner de façon régulière. En plein milieu du Fjord des Courants, le moteur cala dans un petit soupir, ainsi qu'on pouvait s'y attendre, et comme tu sais bien qu'il fait d'habitude. Et comme d'habitude, pendant que Museau bricolait la dynamo, moi je m'attaquais au carburateur. C'est alors que Monsieur Gustavsen montra du doigt un endroit sous le carter, prétendant que c'était là, et pas ailleurs, qu'il fallait traquer nos misères. Il en était sûr parce qu'il savait tout sur les moteurs, et en particulier sur les moteurs à huile lourde.

« Museau et moi n'avons pas bronché. Faut jamais se laisser démonter aussitôt. Nous connaissions ce moteur les yeux fermés, et nous savions, bien sûr, où se trouvaient ses points faibles. Sous le carter inférieur il n'y avait rien, absolument rien qui puisse casser. Mais Monsieur Gustavsen s'entêta. Assis sur la poupe, il nous regardait peiner avec un petit sourire ironique. Le bateau tournoyait dans le courant et prenait régulièrement un paquet d'eau. Au bout d'un moment, cela m'énerva à tel point que je tendis la clé à molette à cette andouille en lui disant d'un ton sec : "Dans ces conditions, Monsieur Gustavsen aurait peut-être la gentillesse de rafistoler ce rafiot."

« Gustavsen hocha la tête. Il se mit à genoux, passa la clé sous le moteur, tourna un machin dont j'ignorais totalement l'existence, puis me repassa la clé.

« "Voilà, vous pouvez démarrer", qu'il a dit. Museau tira le lanceur et – que le diable m'emporte – le Bœuf démarra au quart de tour. C'était à n'y rien comprendre. Notre regard alla du moteur à Monsieur Gustavsen, mais celui-ci était déjà retourné à sa place d'où il jouissait du magnifique panorama, et du vent frais sur son visage.

— Eh ben, dis donc, quel type, ce Gustavsen ! s'exclama Lasselille, plein d'admiration. Est-ce qu'il s'y connaissait en d'autres choses que les moteurs, Bjørk ?

— Il s'y connaissait en tout, répondit Bjørken avec un hochement de tête. Il s'y connaissait en tout et savait presque tout.

— Un vrai, comment on dit déjà… Ah, oui ! Un homme à tout faire.

Lasselille rayonnait du bonheur d'être sûr d'avoir trouvé le bon mot à mettre au bon endroit au bon moment.

— Ouais, tu l'as dit, gamin. Même que c'était franchement un peu fatigant de fréquenter un type qui s'y connaissait mieux dans toutes ces choses dont nous nous occupions depuis des années, dit Bjørken. Y avait pas un truc sur quoi il ne pouvait pas nous en apprendre, pas le moindre domaine où il a pas apporté des changements chez nous, à Bjørkenborg, qu'il a transformé très vite en quelque chose de « moins archaïque » qu'il disait. À la fin, on en avait tellement marre de lui qu'on l'a emmené faire un tour dans les districts, histoire de le montrer aux autres.

— Comme une bête curieuse dans un cirque, dit Lasselille. Il était du genre bizarre, Bjørk ? À quoi il ressemblait ?

— À part le fait qu'il se vantait de tout savoir sur tout, il n'avait rien d'extravagant. Il n'était pas plus haut qu'une merde d'ours posée à la verticale, il avait les cheveux couleur pâté de foie, et des yeux pâles qui exprimaient une putain d'assurance quand ça le prenait.

Bjørken enfonça la main dans son kamik et en retira la bouteille d'eau-de-vie. Il servit Lasselille, et se servit lui-même, un peu plus.

— Donc, d'abord on l'a emmené chez Valfred et le Lieutenant, pour essayer de lui rabattre un peu le caquet. Tu sais que Valfred, lui aussi, est toujours bien informé dans tous les domaines parce qu'il a connu Dieu et ses saints quand il était à Ringsted. Et tu connais bien aussi l'opiniâtreté du Lieutenant quand il s'agit de corroborer les histoires de Valfred.

Lasselille sourit largement en hochant la tête.

— Ce mot-là, je m'en souviens bien, Bjørk, ça veut dire contredire, pas vrai ?

Bjørken le regarda en poussant un soupir. Il ne souhaitait pas gâcher l'ambiance et murmura simplement :

— Confirmer, Lasselille, confirmer !

— Ah, bon, mais j'étais quand même pas loin.

— En octobre, Valfred et le Lieutenant étaient allés à la chasse aux bœufs musqués. Ils étaient partis avec deux traîneaux parce qu'ils espéraient revenir avec des provisions de viande pour tout l'hiver d'un seul coup. Ils racontaient qu'ils avaient descendu une grande vache et deux taureaux d'un certain âge qui s'étaient gentiment et sans protestation couchés à leurs pieds. Mais les autres bœufs n'avaient pas voulu s'en aller, et les jeunes mâles avaient commencé à s'énerver sous un prétexte quelconque. Alors, ils leur avaient envoyé les chiens dans les pattes, mais les avaient vite rappelés quand un des clébards avait été éperonné par une corne et balancé à vingt mètres de là. Après cette anicroche, Valfred et le Lieutenant s'installèrent, tranquilles, sur les traîneaux pour attendre le départ des bœufs avant de dépecer et charger la viande. Et c'est là que le Lieutenant eut une idée. Ils n'avaient qu'à nouer ensemble leurs deux longs fouets, les attacher chacun à un traîneau, puis démarrer et passer à toute vitesse de chaque côté de la horde. Ce qu'ils firent. Alors, les bestioles se mirent en branle et détalèrent comme si la terre s'ouvrait sous leurs pattes.

— Pourquoi ça, demanda Lasselille, alors qu'on les avait même pas frappées avec les fouets ?

Bjørken ferma les yeux. Il resta silencieux un instant, puis dit, en regardant d'un air navré par-dessus la tête de Lasselille, droit sur la toile de la tente :

— La longue corde leur a fauché les guibolles, tu vois. Toute la horde s'est retrouvée sur le cul, ça les a effrayés et ils se sont barrés.

— Ah, bon, c'est pour ça, articula Lasselille.

Petit à petit, il se représenta la scène.

— Ah, oui, maintenant je vois, ça, c'était super bien calculé, Bjørk. Faudra que j'm'en souvienne.

Bjørken but lentement et longuement. Puis il dit :

— Quand Monsieur Gustavsen a entendu le récit de Valfred, il a secoué la tête et dit : « Parce que vous saviez même pas comment on s'y prend pour faire fuir des bœufs musqués ? »

« Le Lieutenant a commencé à tortiller sa longue moustache pointue d'un air offensé. "Mais c'est bien ce que nous avons fait, jeune homme." Alors Monsieur Gustavsen a arboré le sourire qu'il affichait d'habitude quand il allait se montrer brillant. "Très primitif, Monsieur le Lieutenant, très primitif. Je sais, tout à fait par hasard, que le seul moyen vraiment efficace et rapide de faire fuir des bœufs, c'est de ramasser deux grosses pierres plates et de les frapper violemment l'une contre l'autre."

— Eh ben, qu'a répondu le Lieutenant à ça ? demanda Lasselille.

— Il a dit « foutaises », mais Valfred, qui est d'un tempérament plus placide, a juste dit : « Faut pas rejeter une hypothèse comme ça, sans façon, petit Hansen. Peut-être que Gustavsen peut nous expliquer la raison pour laquelle des bœufs se tirent en entendant deux pierres claquer l'une contre l'autre. »

« "Volontiers, répondit Monsieur Gustavsen. Les bœufs croient naturellement qu'il s'agit du début d'un éboulement de pierres, et leur instinct leur dicte de détaler comme s'ils avaient le diable à leurs trousses, pour éviter d'être écrasés."

— Alors, est-ce que c'était des foutaises, ça, Bjørk ?

Bjørken secoua la tête. Il regarda le jeune chasseur avec amertume.

— Hélas, Lasselille. J'ai moi-même tenté, pour voir, de claquer des pierres l'une contre l'autre, et les bœufs se tirent la queue basse.

61

— Qu'est-ce qu'il était savant, ce Gustavsen, alors ! Il savait encore d'autres choses, Bjørk ?

— Il n'y avait pas de limite à son savoir.

Bjørken regarda le fond de sa chope d'un air sombre.

— Dans toutes les stations, il claironnait ses prétentions d'en savoir plus que les autres, au plus grand agacement de chacun d'entre nous. C'était avant que je commence à étudier moi-même, alors souvent même moi je trouvais pas à le contredire. Et s'il existe une situation pénible, c'est bien de rester là à s'en laisser mettre plein la vue par un idiot fini comme ce Monsieur Gustavsen.

— Parce qu'il était idiot aussi ? demanda Lasselille, histoire, surtout, d'entretenir la conversation.

Bjørken leva les yeux du café délayé à l'eau-de-vie et regarda, d'un air distant, son compagnon.

— Non, Monsieur Gustavsen n'était pas idiot. Et pour être tout à fait honnête, il n'était même pas mauvais bougre. Au fond, c'était un type sympa comme tout, mais qui en savait tout simplement beaucoup trop. Aujourd'hui, où je suis moi-même au courant de la plupart des choses, j'aurais bien hiverné pendant quelques années avec Monsieur Gustavsen. Parce que maintenant que je suis son égal, j'aurais pu lui tenir tête comme il le méritait. J'aurais par exemple adoré avoir son point de vue sur le concept de prédestination dans les divers processus de l'ontogenèse, mais j'aurais aussi aimé aborder des sujets plus terre à terre comme la psychologie subjective et les altérations du cortex cérébral.

Bjørken enfonça son regard dans les yeux bleus admiratifs de Lasselille, et un petit sourire se glissa comme un asticot couleur de tabac à priser entre ses lèvres minces.

— Oh, là, Bjørk, ça m'a l'air compliqué. Tu crois qu'il savait ce genre de choses, ce Gustavsen ?

— Pour sûr. Je suis persuadé qu'il était fin psychologue et véritable connaisseur de la nature humaine. Les talents de Monsieur Gustavsen étaient aussi nombreux que les étoiles dans le ciel d'hiver, mon garçon. Imagine, si Museau avait possédé simplement le dixième des connaissances de Monsieur Gustavsen. Tu te rends compte, toutes les merveilleuses soirées que nous aurions pu passer à discuter ?

— Ou moi, Bjørk, tu te rends compte si ça avait été moi ? suggéra Lasselille avec zèle.

Bjørken regarda le jeune homme d'un air désolé. Puis il se racla la gorge et détourna les yeux.

Il y eut un long silence qu'ils mirent à profit pour écouter le vent souffler sur les parois de la tente. Lasselille méditait scrupuleusement sur ce que Bjørken lui avait raconté, et une fois tout remis en ordre, il en redemanda.

— Alors ce Monsieur Gustavsen, dit-il, qu'est-ce qu'il savait de plus, Bjørk ?

— Eh bé, que savait-il de plus ? Il était phénoménal aux jeux de cartes. Un joueur de premier ordre, diabolique, impossible à battre, bataille, belote, poker !

— Il trichait, Bjørk ?

— Pas du tout. Mais nous autres, ça, on trichait, oui, et c'était quand même toujours lui qui gagnait. Il avait des yeux, mon ami, des yeux qui voyaient à travers les cartes. Y a des gens comme ça.

— Oh, là, ça donne presque des frissons, c'que tu dis là. Comment faisait-il, je veux dire, pour regarder à travers les cartes ?

Bjørken poussa un soupir et avança un bras pour soutenir un des mâts de la tente qui commençait à pencher dangereusement.

— Le jour où il a coincé l'un de nous autres en flagrant délit de triche, il a bien rigolé. Et alors la honte a été encore pire, parce que comment se défendre, alors qu'il ne nous accusait même pas ?

— Alors, il ne faisait que ramasser le pognon, ou ce qui vous servait de mise ?

— Oh, non, on ne jouait pas d'argent. Monsieur Gustavsen ne misait ni argent ni rien d'autre de valeur. Nous pouvions passer une soirée entière avec même pas la moitié d'une boîte d'allumettes de ménage. C'était pour de vrai un homme subtil et plein de sagesse, dommage que je n'aie découvert ça qu'après son départ.

— Comment tu l'as découvert, Bjørk ?

Le rire de renard de Bjørken dévoila ses longues dents jaunes. Il lâcha le montant de la tente et s'appuya à nouveau contre sa caisse de provisions.

— J'ai fait une affaire profitable, dit-il, une affaire comme on n'en fait qu'une dans sa vie.

— Qu'est-ce que t'as acheté à Monsieur Gustavsen ? demanda Lasselille.

— Rien, mon garçon, rien du tout. C'est avec le Capitaine Olsen que j'ai fait affaire.

— Ah bon.

Lasselille eut l'air déçu. D'après son expérience, personne n'avait jamais conclu d'affaire profitable avec le capitaine de la *Vesle Mari*.

— Olsen avait un très bon fusil Mauser, une arme somptueuse accrochée à la cloison au-dessus du canapé dans sa cabine, et qui n'était d'aucune utilité à personne. Je lui faisais les yeux doux, à ce fusil, depuis des années, mais Olsen ne voulait pas vendre. Alors je me suis procuré une chose pour laquelle je savais qu'Olsen aurait une faiblesse absolue.

— C'était quoi ?

Lasselille avança le haut de son corps vers Bjørken pour ne pas en rater une miette.

— De l'or, répondit Bjørken, élargissant encore son rire de renard, si c'était possible. Une bague en or incrustée d'un diamant de la taille d'une crotte de lièvre.

— Ça alors !

Lasselille regarda son ancien maître avec des yeux comme deux ronds de flan.

— Elle devait valoir un paquet de sous.

Bjørken hocha la tête.

— Très difficile à évaluer. Elle valait en tout cas un bon Mauser. Quand Olsen vit la bague à mon doigt, il n'arriva plus à en détacher le regard. Elle était large comme la bague d'un cigare, style barreau de chaise, brillante et étincelante, et le diamant faisait des éclairs qui t'en foutaient plein la vue, un vrai plaisir. Olsen avait toujours rêvé d'une bague comme ça. Je le savais parce que des capitaines comme ce gros lard aiment bien se vanter quand ils vont à terre. Une telle bague ferait savoir aux gens qu'Olsen avait fait une bonne saison, qu'il avait eu plein de phoques dans la mer Blanche et des voyages rentables au Groenland. Un capitaine à qui tout sourit, voilà ce que penseraient les gens à la vue d'une telle bague décorant un de ses gros boudins.

Bjørken fit sauter le bouchon de la bouteille de schnaps et en versa, généreusement, dans les deux quarts. D'un mouvement rapide et saccadé, il ingurgita l'eau-de-vie, puis enchaîna :

— Olsen m'a rapidement posé des questions sur la bague, et il a fallu que je lui raconte qu'elle faisait partie de l'héritage de ma vieille mère, qui pour sa part avait hérité le précieux bijou d'un oncle d'Argentine qui était un parvenu à l'immense fortune. Olsen frétilla de plus en plus près de l'hameçon, et il examina la bague à la loupe en pleine lumière pour voir comment le diamant avait été taillé. Puis, il la passa à Monsieur Gustavsen, sachant que celui-ci s'y connaissait en toute chose. Monsieur Gustavsen la soupesa pendant un moment, et me scruta ensuite longuement. Il savait que je brûlais d'envie d'avoir le Mauser d'Olsen, vu que j'en avais parlé en long et en large pendant tout l'hiver.

Bjørken se tut et montra la cafetière qui chantonnait sur le réchaud. Lasselille s'empressa de lui remplir son quart. Une fois le contenu dilué avec une bonne rasade d'eau-de-vie, Bjørken continua :

— Monsieur Gustavsen dit, d'une voix neutre, sèche, rêche comme du tabac à priser : « Il n'y a pas de doute quant à l'or, par contre, j'aimerais bien examiner de plus près le diamant. Permets-tu, Bjørk, que je le dessertisse ? »

Bjørken ferma les yeux en buvant. Il les garda fermés et enchaîna :

— Je ne savais pas ce qu'il mijotait comme coup fourré, mais je ne pouvais pas lui refuser un examen approfondi du diamant. Alors, je fis oui de la tête, et il sortit le diamant comme s'il n'y avait rien de plus facile. Il n'y avait pas le moindre truc sur terre que ce type ne savait pas faire. Puis il demanda à Olsen une pièce de monnaie, posa le diamant par terre, mit la pièce dessus et frappa violemment le tout plusieurs fois du talon de sa botte. Quand il reprit la pièce, elle avait l'empreinte de la pierre précieuse. Le diamant était intact.

— C'est vrai, c'est solide à ce point ?

— Le diamant peut couper le verre, tu sais bien, répondit Bjørken.

Il rouvrit les yeux et regarda, d'un air supérieur, son ancien apprenti.

— Olsen était de toute évidence impressionné. Il ausculta la pièce et le diamant, et demanda ensuite à Monsieur Gustavsen de le remonter sur la bague. Puis il commença à marchander. D'abord timidement, mais quand il sentit que je n'étais pas disposé à vendre, ça a commencé à prendre une tournure plus favorable. À la fin j'ai montré le Mauser qui ramassait la poussière sur son mur, et Olsen l'a aussitôt attrapé pour conclure l'affaire. Il a enfilé la bague, laissant la main reposer sur la table, histoire de pouvoir bien l'admirer.

— Mais, tenta Lasselille, d'un air interrogateur, tu ne t'es pas un tout petit peu fait avoir, Bjørken ? J'veux dire, de l'or et un vrai diamant et tout et tout, ça doit valoir plus qu'un vieux fusil ?

Bjørken rit ou plutôt hennit.

— Il n'y avait pas l'ombre d'une poussière d'or ou de diamant dans cette bague. J'avais acheté cette pacotille dans la grande rue piétonnière de Copenhague pour une misère. Et Monsieur Gustavsen l'avait compris, bien sûr, dès qu'il l'avait eue en main. C'était un type bien, et un brave compagnon, ce Gustavsen.

Au cours de la nuit le vent se calma, et quand les deux amis se réveillèrent le lendemain matin, c'était un monde silencieux et entièrement recouvert de glace qui s'offrait à eux. L'état du terrain était lamentable, et les pattes des chiens dérapaient. Voilà pourquoi Bjørken ordonna très vite une halte et fit remonter la tente.

Assis chacun sur sa caisse de provisions devant la tente, ils savourèrent la chaleur et la dernière lichette d'eau-de-vie que Bjørken avait apportée. Lasselille revint sur le récit de la nuit qui monopolisait encore l'essentiel de son activité cérébrale. Après maintes hésitations, il demanda enfin :

— Dis, Bjørken, qu'est-ce qu'il est devenu, ce Monsieur Gustavsen ?

— Je me suis laissé dire, répondit Bjørken, que le Capitaine Olsen l'avait tellement tabassé lors du voyage de retour qu'il en était devenu grabataire.

— Olsen a donc découvert la triche ?

— Dieu m'en préserve, non ! D'après ce qu'il paraît, c'est parce que Monsieur Gustavsen corrigeait les positions d'Olsen et prétendait que son chronomètre avançait de quatorze secondes d'après sa propre horloge intérieure.

— Ah, bon, ce n'est que ça, dit Lasselille. Je croyais que c'était parce que Olsen avait tout découvert.

Bjørken posa un bras sur l'épaule de Lasselille et sourit largement.

— Si ça avait été le cas, mon garçon, alors Monsieur Gustavsen aurait certainement, après une sérieuse raclée, célébré ses funérailles en pleine mer.

Le procès

... où l'on constate qu'un lapsus, fût-il proféré par une langue empâtée par l'eau-de-vie, peut occasionner bien des réjouissances.

Lodvig était, comme on l'a déjà mentionné à d'autres occasions, le seul lecteur de journal assidu de la Côte. Chaque année il recevait, par la *Vesle Mari*, une année complète du *Lemvig Folkeblad*, la gazette du bled dont il était originaire dans le nord du Jutland au Danemark, et il la lisait au jour le jour, avec une simple année de décalage.

Lodvig n'était pas du genre à rompre la routine. Il se levait tôt le matin, quels que soient la saison et le temps, faisait bouillir du café et partait faire sa tournée quotidienne de relevage des pièges. Le nord de son district demandait des tournées d'une journée, le sud des tournées qui pouvaient durer jusqu'à trois jours. Il quittait toujours Ross Bay à temps pour sortir les renards des pièges de pierre à l'ancienne avant que les dépouilles ne commencent à se gâter.

Lodvig aimait les animaux, c'est pourquoi il n'utilisait pour chasser ni charges à déclenchement automatique, ni strychnine, ni pièges à loups. Les bons vieux pièges de pierre que les Inuits avaient utilisés pendant des millénaires tuaient instantanément et cachaient les prises sous une vraie montagne qui ne laissait apparaître tout au plus que la queue du renard.

Quand Lodvig rentrait, il mettait à bouillir de la viande, puis s'installait pour dépecer la chasse de la journée. Il était capable de déhousser un renard en cinq minutes, et d'avoir accroché la peau sur la planche de séchage avant même que sa marmite de viande se mette à bouillir. Après le dîner, il s'asseyait près de la cuisinière, les pieds sur la rambarde en laiton, et sortait le journal du jour. Il lisait jusqu'au moment où ses yeux commençaient à cligner, et sa tête à tomber sur sa poitrine. Depuis l'arrivée de Gaston, son fidèle corbeau, dans la maison, il lisait à haute voix, raison pour laquelle il se couchait un peu plus tard le soir, parce que la lecture à haute voix impliquait un certain nombre d'explications indispensables pour que Gaston profite pleinement des informations du journal.

Il était rare que Lodvig fasse part des nouvelles aux autres districts. La plupart du temps, ça restait entre Gaston et lui. Mais un jour d'hiver, à la station de Bjørkenborg, il laissa malgré tout tomber une discrète remarque, se référant à un procès qui avait eu lieu dans la ville de Holstebro au Danemark. Il avait fait un petit détour chez Bjørken, histoire de voir du monde, et là, il avait trouvé le Lieutenant et Valfred, de passage pour échanger leur eau-de-vie de myrtilles contre le fameux schnaps de Bjørkenborg. La soirée avait été animée vu qu'il avait bien fallu tester les boissons et les faire estimer par quelqu'un d'impartial qui, dans ce cas précis, ne pouvait être que Lodvig. La dégustation le rendait plus loquace qu'à l'ordinaire et il embraya un peu brutalement, mais avec compétence en la matière, sur la notion d'outrage à la pudeur que Bjørken, bien malgré lui, et simplement parce que sa langue avait fourché, avait mise sur le tapis.

— Impudicité ? C'est quoi ? demanda Lasselille avec intérêt.

— Qu'est-ce que c'est quoi ? bougonna Bjørken, louchant un peu de travers vers Gaston qui se balançait doucement sur l'épaule de Lodvig.

— Impudicité.

— Personne a jamais rien dit au sujet de l'impudicité, grogna Bjørken. J'ai employé le mot impartialité, mais je l'ai p't-être mal articulé dans ma précipitation.

— Ah bon !

Lasselille était un peu désarçonné.

— Il me semblait pourtant…

Bjørken lui balança un regard grincheux :

— D'abord, on dit « impudeur ».

Puis il prononça avec une lenteur horripilante, en articulant exagérément :

— *Porticos aurium cum clavis parvis descriptionum.*

Lasselille le fixa, bouche bée, tout comme les autres, d'ailleurs.

— C'est quoi, ça ? chuchota-t-il, mal à l'aise.

Bjørken, qui cette année-là avait terminé la lecture de son lexique en un volume et était passé au latin, répondit avec dignité :

— C'est du latin, mon ami, et cela signifie : « Ramone-toi les oreilles avec des aiguilles à tricoter. »

Museau, qui craignait un laïus de longue durée, se leva pour aller chercher du charbon. Lasselille dit, d'un ton coupable :

— J'ai pourtant vraiment eu l'impression que t'avais dit impudicité. C'est quoi encore ce truc ?

Lodvig, qui s'était plus ou moins avachi sur sa chaise, se redressa et dit, avec le plus grand sérieux :

— C'est quelque chose de terrifiant, Lasselille, une sorte de maladie dont il est fichtrement difficile de se débarrasser. J'ai lu un article sur un bonhomme à Holstebro qui était atteint de ce mal et qui a été condamné à quinze ans de travaux forcés parce qu'il n'arrivait pas à laisser les bonnes femmes tranquilles. Il y avait un long compte rendu du procès dans le *Lemvig Folkeblad*. Gaston l'a vu aussi.

Bjørken, qui avait encore son discours sur l'impartialité au bout de la langue, se dépêcha d'intervenir.

— Quand j'ai dit que l'eau-de-vie de Valfred était impartiale, je voulais avancer que son goût, sa force et ses effets lui conféraient une entité supérieure.

Il regarda autour de lui, d'un air triomphal, ce qu'il n'aurait jamais dû faire. Parce que Lodvig en profita pour poursuivre, avec entêtement, ses explications adressées à Lasselille.

— Alors, le type, là, dont je causais, il s'était déjà farci dix ans de taule quand, le mois dernier, c't-à-dire de l'année dernière, une des filles a eu des remords et a avoué que ce n'était pas du tout cet homme-là qui l'avait touchée, mais le fils du juge qui était un jeune homme peu recommandable d'avec qui elle venait de divorcer.

— Ce qui prouve bien, l'interrompit Bjørken, que la justice danoise est complètement tordue. J'ai moi-même été convoqué au tribunal un certain nombre de fois dans ma prime jeunesse pour recevoir des corrections que rien ne justifiait.

— Quel genre de corrections ? demanda Lasselille.

— Cela n'a pas grande importance en l'occurrence, maugréa Bjørken.

Il regarda à nouveau Gaston qui hochait la tête, d'un air approbateur. Bjørken ressentit une sorte de reconnaissance à l'égard de l'oiseau et lui rendit son hochement de tête.

— Dis donc, qu'est-ce que j'aimerais participer à un procès ! dit Lasselille.

— Un procès ?

Bjørken savoura le mot.

— Mais y a pas de problème, on peut très bien t'organiser ça, Lasselille. On invente un délit fictif, on convoque la défense et l'accusation, on nomme un juge, et je propose même que Mads Madsen remplisse cette fonction-là, en tant qu'autorité policière supérieure, aux compétences étendues sur toute la population de la Côte. Ce serait très facile à mettre sur pied, et très instructif pour toi.

Le Lieutenant hocha la tête, un peu raide.

— Il faut naturellement d'abord déterminer s'il s'agit d'un procès civil ou militaire, dit-il. Pour ma part, je serais plutôt partant pour le procès militaire, parce qu'à l'armée nous disposons de directives très simples et très rapides à appliquer.

Bjørken était cependant de l'avis qu'un procès civil serait plus raisonnable, compte tenu des facultés intellectuelles de Lasselille. Dans ce cas, il serait possible de se maintenir à un niveau accessible et de faire l'économie d'une terminologie militaire qui serait du chinois pour Lasselille.

Le reste de la soirée, on parla en long et en large du procès que Bjørken qualifia de psychodrame, et on se mit d'accord sur le fait d'informer Maître Volmersen, l'avocat, et Mads Madsen dans les plus brefs délais.

Pour que le procès n'interfère pas de façon gênante dans la vie quotidienne des chasseurs, on décida de le reporter au rassemblement annuel à Cap Thompson, lors de l'arrivée du bateau de provisions. En cette saison, les pièges restaient désamorcés, et on se laissait aller à la vie délicieuse de l'été, à la pêche à la truite dans les rivières, à la chasse aux phoques dans les fjords et à la cueillette d'oiseaux au vol.

Si l'on excepte le duel verbal qui avait opposé Lause et le Lieutenant Hansen et qui, on s'en souvient, avait connu une issue regrettable, on ne connaissait aucun précédent en termes de procès dans le nord-est du Groenland. Il s'agissait là d'un phénomène totalement nouveau, qui bien sûr attira l'ensemble des habitants de la Côte.

William avait entretenu des rumeurs au sujet du procès en perspective lors de son voyage annuel de dégommage de printemps au Cap Sud, et Fjordur, qui dans la Baie d'Hudson avait autrefois sévi à la fois en tant que partie civile, juge et bourreau, s'intéressait à ce point au procès qu'il remonta avec William, amenant sa femme et leur nouveau-né, avec l'intention d'acheter à l'occasion des peaux et de redescendre comme l'année d'avant avec la *Vesle Mari*.

Lodvig lui-même se manifesta, lui qui était pourtant parfaitement au courant des procès grâce à son journal. Mais en tant qu'instigateur de cette idée de procès, il se sentait comme une certaine responsabilité. Olav ibn Abdullah Frederiksen fut transporté sur les lieux par William et Fjordur. Bien que les lois qu'on allait appliquer n'aient rien d'islamique et ne soient donc d'aucune valeur pour le Musulman, celui-ci était curieux de voir comment pouvait bien se dérouler un procès quand on avait prêté serment sur la Bible.

Les chasseurs accouraient de partout, apportant tout ce qu'ils possédaient et qui était susceptible de rafraîchir pendant une procédure qui allait, on l'espérait, traîner en longueur.

Une fois tout le monde arrivé, Maître Volmersen divisa avec compétence les hommes en jurés, accusation, défense, juge et public. Comme on l'avait proposé lors de la première réunion de préparation,

Mads Madsen fut nommé juge. Volmersen se chargea de la défense, et à Bjørken échut le rôle de l'accusation. L'accusé était bien sûr Lasselille, puisque c'était lui qui avait voulu connaître à ses risques et périls ce que représentait un procès.

En guise de sièges, des caisses de provisions furent mises à la disposition du public, des bancs furent installés pour les jurés, des chaises et tonneaux de suif furent dévolus à la défense et à l'accusation. Le juge prit place derrière la table à manger où l'on avait déposé du papier, un crayon et une mailloche de boucher.

Les douze jurés étaient constitués du Comte, Valfred, le Lieutenant Hansen, Siverts, Petit Pedersen, Museau, Herbert, Anton, Mortensen, Doc, William et Fjordur. Le public se limitait à ibn Abdullah, Lodvig, ainsi que Petrine et son bébé.

Mads Madsen saisit la mailloche de boucher et l'abattit violemment sur la table.

— Silence ! hurla-t-il. Sitôt qu'un schnaps par personne aura été servi, je déclare le procès ouvert.

Lasselille, l'accusé, fit le tour avec la bouteille, servant tout le monde. Il rigolait et bavardait, conscient de l'aspect primordial de son rôle. Quand il eut fait par deux fois le tour de l'assemblée, le juge frappa à nouveau sur la table.

— Le procès est ouvert, déclara-t-il, et un silence fébrile gagna le prétoire.

D'une voix forte, Mads Madsen énonça :

— La Cour va examiner les accusations contre Lasselille, chasseur domicilié à Bjørkenborg. L'accusé serait coupable d'impudeur majeure. Accusé, levez-vous.

Lasselille se leva et se tourna dans tous les sens de façon que tout le monde le voie. Il resta à se pavaner sous tous ces regards jusqu'au moment où Mads Madsen, irrité, lui demanda de se rasseoir. Le juge fit un mouvement de tête en direction de Bjørken qui se leva illico. Il fit un sourire mielleux à Mads Madsen et aux jurés, puis s'installa devant l'accusé qui avait pris place sur le tabouret derrière le demi-tonneau qui faisait office de barre pour les témoins.

— L'accusé Lasselille, dont le caractère est communément connu pour quelque peu avoisiner la *mitis in pila esse…*

Mads Madsen frappa de la mailloche.

— Parle danois, enfoiré ! grogna-t-il.

Bjørken inclina son dos déjà si courbe devant l'autorité.

— … Bref, il n'a pas inventé la poudre, traduisit-il, et c'est peu dire. Doté d'un tel caractère, on est facilement victime de fantasmes grotesques qui ne trouvent d'issue que dans une impudeur d'une odieuse grossièreté.

Il tourna un regard feignant la tristesse vers Lasselille qui hocha la tête et lui rendit un large sourire.

— Il y a quelques années, c'était un 18 avril, l'accusé s'est présenté à son chef de station et lui a raconté qu'il avait copulé avec une mineure quelque part sur la Côte à la hauteur de l'Île de Sabine, dit Bjørken.

Et après une pause artistiquement longue, il reprit :

— Le chef de station le cuisina d'un peu plus près, vu qu'à sa connaissance y avait pas l'ombre de la moindre présence de donzelle sur cette partie-là de la Côte. Mais l'accusé maintint sa déclaration, donnant presque l'impression d'être fier de s'être abaissé à un crime aussi monstrueux. De ses propres aveux, il aurait enlevé une jeune fille eskimo et aurait accompli le coït avec elle à plusieurs reprises. De toute évidence par la force, si l'on considère qu'aucune jeune fille en bonne santé mentale et physique ne se serait abandonnée de son plein gré à l'accusé.

Il contempla Lasselille de la tête aux pieds, et laissa le temps aux jurés d'en faire de même. Puis, il poursuivit :

— Cette relation dura plusieurs mois, jusqu'au moment où l'accusé partit avec sa victime et la fit disparaître mystérieusement.

Il alla tout près de Lasselille, et son visage prit une expression de grand ordonnateur de pompes funèbres.

— Est-ce que, déjà à ce stade, tu te déclares coupable ? demanda-t-il avec gravité.

Lasselille le regarda, plein de confiance.

— Je dois me déclarer coupable, Bjørk ?

— Non, bordel ! lui siffla Bjørken. Sinon, le procès est déjà fini, andouille !

— Ah, bon.

Lasselille se tourna vers le juge.

— Donc, je suis pas coupable du tout. Tout ça, c'est des choses qu'il invente.

Le juge se renversa en arrière et alluma sa pipe.

— Hum, oui, ça lui ressemble, à celui-là. Est-ce que la défense a quelque chose à dire ?

Maître Volmersen bondit. Il se campa dans toute sa rondeur, inspirant confiance, devant l'accusé, et lui posa une main sur l'épaule. S'adressant aux jurés, il déclara, en sortant le cigare de sa bouche et en chassant la fumée avec force effets de manches :

— Est-ce que ce garçon ressemble à l'auteur d'un crime sexuel ?

Il regarda Petrine qui était en train d'allaiter son bébé. Elle opina vivement du chef. Petrine ne comprenait pas le danois. Un murmure traversa l'assemblée des jurés. Le juge rappela tout le monde à l'ordre à l'aide de sa mailloche, et Maître Volmersen poursuivit :

— Je connais l'accusé personnellement et j'ose avancer qu'il s'agit de l'être le plus innocent sur cette Côte. Ce jeune homme ne ferait jamais de mal à une mouche, eu égard à sa naïveté exemplaire.

— Les simplets peuvent se révéler les pires, objecta Valfred. J'ai moi-même connu un type qui était apprenti boucher à Ringsted, naïf comme pas possible…

— Silence ! hurla le juge. Encore un mot et je t'expulse de la salle d'audience, Valfred. La défense peut poursuivre.

Volmersen lia ses gros doigts derrière son dos et se mit à marcher de long en large devant les jurés. De temps en temps, il envoyait un regard rapide qui allait de l'accusé aux jurés. Puis, il dit doucement :

— Pour prouver l'innocence de mon client, je voudrais faire appel à un témoin. Est-ce que Museau veut bien venir à la barre ?

Museau se leva. Il n'avait pas l'habitude d'être au centre des événements et tripota avec embarras l'élastique qui remplaçait une des branches de ses lunettes.

— Tu as vécu pendant plusieurs années avec l'accusé, commença l'avocat de la défense, tu le connais donc très bien. Est-ce que tu as jamais remarqué des conduites déviantes chez lui ? Est-ce qu'à un moment ou un autre, depuis que vous vous côtoyez, il a exprimé un appétit malsain envers des jeunes filles ou autres perversions de cet acabit ?

— Quelles perversions ? demanda Museau.

— Hum, oui, dans le sens d'un intérêt vers les femmes de manière générale, disons un intérêt pour se faire redresser le compas, comme William l'aurait délicatement exprimé.

Museau hocha la tête.

— Oui, on peut dire ça comme ça. Mais est-ce que ça relève d'une conduite déviante, j'en sais rien vu que j'ai pas une grande expérience dans ce domaine. Il s'occupait énormément d'Emma à l'époque où elle ravageait la Côte, même qu'il s'était inventé une syphilis de premier ordre. Il a également déterré une vieille quelque part dans le district avec qui il prétendait vivre, pendant un temps. C'est pourquoi nous l'avons envoyé au Danemark durant une année, parce qu'on pensait qu'il était devenu ce que Bjørken disait en latin tout à l'heure.

— À part ces deux épisodes, tu ne te souviens de rien ?

— Rien, répondit le témoin.

Volle hocha la tête.

— Merci, j'en ai fini avec le témoin.

Le juge fit un signe de tête à Bjørken qui se déplia de toute sa hauteur, frôlant ainsi le plafond de son crâne. Il se frotta les mains et arbora son rire de renard.

— Quand tu dis, Museau, qu'il s'occupait d'Emma, tu suggères bien sûr qu'il la fréquentait sexuellement ?

Museau hocha la tête, et Bjørken se pencha sur lui :

— Justement ! Voilà où réside le point déterminant. L'accusation porte sur une impudeur sévère. Définissons tout d'abord ce que cela implique.

Il leva la tête si haut que le juge eut une vue directe dans les abîmes de ses narines. Museau, qui savait qu'il allait sans nul doute s'ensuivre un laïus de longue durée, ferma les yeux et s'enfonça discrètement quelques bouts de coton dans les oreilles.

— Le mot « sévère », commença Bjørken plein d'entrain, est bien connu de nous tous. C'est un mot que nous n'avons pas besoin d'analyser, un mot que nous employons quotidiennement, qu'il concerne le vocabulaire de Mads Madsen ou le pain noir de Siverts. Mais le premier mot de l'accusation est d'une nature qui mérite que l'on s'y penche de plus près. C'est un mot aux nombreuses connotations. L'impudeur peut, comme on sait, être de caractère phallique, odieux, priapique ou pornographique pour commencer avec des mots un peu difficiles mais non dénués de sens.

Son sourire s'élargit, rendant ses dents jaunes parfaitement visibles.

— Mais pour que vous ayez tous une chance de comprendre ce que j'avance, je vais ramener les mots à des notions un peu plus accessibles, même pour l'intellect le plus primitif. Ici, on prend conscience qu'impudeur relève du domaine de la lubricité, de la grivoiserie, du scabreux, de l'immoral, de l'obscène et du coquinou.

Il courba le dos tel un sauvage félin prêt à bondir, et montra Lasselille du doigt.

— Voilà devant nous un individu auquel nous pouvons associer tous ces termes repoussants. Un petit homme glaireux, grivois et immoral qui, avec une brutalité innommable, s'est permis d'assouvir ses instincts sexuels avec une indigène innocente qui n'était même pas encore pubère.

Bjørken s'était exprimé crescendo, et il termina dans un hurlement qui réveilla le nourrisson. Le petit se mit à hurler et ne se calma que quand Petrine lui proposa à nouveau le sein. Bjørken prit une expression lourde de signification.

— Même les nourrissons pleurent à l'idée de tels délits, conclut-il.

Le juge frappa légèrement de sa mailloche et fit signe à Volmersen.

— Tu as quelque chose à ajouter, Volle ?

L'avocat se leva et, tourné vers les douze jurés, il dit, d'une voix tremblante d'indignation :

— Ce qu'avance l'accusation n'est que balivernes.

— Objection, Votre Honneur ! hurla Bjørken.

— Objection rejetée, répondit le juge qui, de tout son cœur, était d'accord avec Volmersen.

— Vous avez entendu des variations sur un mot qui, en aucun cas, ne peut être associé à l'accusé. Lasselille est justement connu pour être pudique et réservé, pour avoir une peur terrible des femmes et se trouver aucune expérience face aux très jeunes filles. Il a toujours mené une existence parfaitement morale ici, par la force des choses, vu que la présence féminine est, comme vous le savez, nulle dans nos contrées. L'accusé est victime d'une accusation mensongère.

Volle s'était à peine rassis que Bjørken bondit :

— Entendre ce genre d'absurdités de la bouche d'un avocat renommé est franchement révoltant. Nous avons clairement avancé toutes les preuves tangibles comme quoi Lasselille était coupable d'impudeur sévère, et qu'il a vécu avec une gamine qu'il a soumise à ses fantasmes libidineux.

— Elle était des années 1850, objecta Museau, à titre d'information, depuis le banc du public.

Il avait enlevé le coton de ses oreilles pour ne rien rater de la fin de la plaidoirie.

— Elle était néanmoins très jeune, tonna Bjørken. On l'a tous vue à bord de la *Vesle Mari* quand nous avons expédié Lasselille en récréation au Danemark.

Petit Pedersen mit un doigt en l'air et le juge lui fit signe de la tête, avec bienveillance.

— Qu'est-ce que ça veut dire, ça, Bjørk ? Museau prétend qu'elle avait plus de cent ans, et toi tu dis qu'elle était très jeune. Que devons-nous penser, nous les jurés ?

Avant que Bjørken n'ait eu le temps de répliquer, le juge intervint :

— Il est question d'un épisode qui s'est déroulé il y a quelques années quand Lasselille a traversé une petite crise de vertigo polaire. Au cours de l'hiver, Bjørken lui avait beaucoup parlé, et de façon très vivante, des Eskimos qui vivaient sur la Côte autrefois, et Lasselille, une fois atteint par le vertigo, s'est mis à les visualiser. Les Eskimos naissaient pour ainsi dire dans son imagination et devenaient réels. C'est pourquoi Lasselille est parti vers l'Île de Sabine pour vivre avec une jeune fille qui s'appelait Nauja. Est-ce que tout est clair maintenant ?

Pedersen hocha la tête, satisfait. Ce genre de vertigo, c'était du concret. Il avait lui-même tellement rêvé que les objets de ses fantasmes en étaient devenus presque réels pour lui.

— Merci pour l'info, dit-il d'un ton poli.

Le juge, qui souffrait de sécheresse de gorge, frappa deux fois et déclara que l'audience était suspendue le temps de deux schnaps et d'une chope d'imiaq maison, apportée par Fjordur. La pause ranima avec vigueur l'assistance, et avant la fin, on s'était divisé en deux camps, l'un se déclarant clairement convaincu de l'innocence de Lasselille, l'autre convaincu, de façon beaucoup plus floue cependant, de sa culpabilité. Museau, qui était celui, avec Bjørken, qui connaissait le mieux l'accusé, le défendait avec zèle, alors que Fjordur, pour qui l'enjeu du procès ravivait de cruels souvenirs, le menaça de le tabasser sans retenue si jamais Bjørken perdait le procès. Grâce à la réouverture de l'audience, on évita une bagarre générale in extremis.

— Maintenant nous avons tous entendu, dit Mads Madsen, ce qu'avaient à dire l'accusation et la défense. Et, finalement, ce n'était pas grand-chose, fichtre. Lasselille lui-même reste le mieux placé pour savoir s'il est coupable ou innocent. Qu'en dis-tu, Lasselille ?

L'accusé se leva et s'inclina devant les jurés.

— Eh ben, c'est vraiment difficile. Parce que quand Volle parle de moi, je trouve que j'ai rien fait de mal, alors que quand Bjørken m'accuse, je me sens coupable de tout.

Le juge frappa plusieurs fois sur la table pour calmer l'assistance.

— Dis-moi, jeune homme, si oui ou non tu as eu des rapports avec cette gamine dont il est question, celle des années 1850 ?

— Ah oui, tout à fait.

Lasselille hocha la tête vigoureusement.

— Je crois bien que oui, tout à fait comme avec Emma, non ?

— Hum, oui, eh bien, tout à fait comme avec Emma. Admettons.

Lasselille rayonnait de bonheur.

— Mais alors Bjørken a raison. Je suis coupable.

Volmersen bondit.

— Monsieur le Juge ! s'exclama-t-il, horrifié. Ce type de relations amoureuses relève d'une tout autre catégorie et n'a rigoureusement rien à voir avec l'impudeur !

— Bordel de merde !

Mads Madsen fixa Volmersen, furieux.

— Soit il a violé la fillette, et il est alors coupable, soit il l'a pas fait, et il est acquitté. C'est pas plus compliqué que ça.

Lasselille hocha la tête, en signe d'acquiescement, en direction du juge.

Ce procès avait été extraordinaire. Pour une fois, il avait joué le rôle principal dans un des nombreux drames arctiques. Il s'inclina à nouveau profondément devant les jurés et dit d'une voix nette, de façon que tous l'entendent :

— Je dois bien être coupable, pas vrai, Bjørk ?

Bjørken hocha la tête, ému.

— Oui, mon garçon. C'est ainsi, hélas. Mais cela n'est pas une affaire entre nous deux.

Il montra les douze jurés.

— Ce sont ces bonshommes ici présents qui tiennent ta vie entre leurs mains.

Les jurés se retirèrent hors de la maison. Les débats se firent vifs et l'on ne fit pas l'économie d'une petite bagarre. Fjordur mit un œil au beurre noir à Siverts et fut sur le point d'être étranglé par

Museau quand le juge accourut et leur assena à chacun un coup de mailloche sur la tête. C'est légèrement embrumés qu'ils retournèrent dans la salle d'audience où ils s'affalèrent sur les bancs.

Le juge fit appel au porte-parole des jurés, et le Lieutenant Hansen se leva.

— Il y a quasiment majorité pour la culpabilité de Lasselille. Il n'est cependant pas coupable d'impudeur, mais d'autosuggestion et d'onanisme, ce qui relève d'un crime tout aussi grave. Il est connu que cette occupation coupable va à l'encontre d'une bonne morale et peut engendrer des inflammations de la moelle épinière et de graves lésions cérébrales.

Le juge mit du temps à tout noter. Quand il en eut fini, il regarda longuement les jurés, l'accusation, la défense, et pour finir Lasselille.

— Si j'ai bien compris, tu as été blanchi de l'accusation d'impudeur sévère. En ce qui concerne l'autosuggestion et l'onanisme, je ne te juge pas, puisqu'il n'y a pas d'accusation. J'espère cependant que le Lieutenant ne se trompe pas dans ce qu'il avance, et j'imagine qu'il fait allusion à ce que nous appelons en termes locaux le billard de poche. Est-ce que cela endommage le cerveau ou la moelle épinière ? Je n'en sais rien, mais pour que tu évites ces effets secondaires, je te recommande, en tant que juge, de partir au Cap Sud avec Fjordur et Petrine et d'y rester tout au long de l'été. Là-bas, on t'enseignera la matière la plus importante de l'école de la vie.

Il frappa un coup définitif de sa mailloche, se leva et déclara :

— Il y a maintenant libre-service pour tout ce que la maison peut offrir. L'audience est levée.

Les ballades de Haldur

Ou la renaissance du poète.

Plusieurs années durant, Anton Petersen s'était adonné à l'écriture, tout au long des interminables mois d'hiver. Il avait connu de merveilleux moments d'inspiration, mais aussi nombre de lourdes périodes de langueur. Ce n'est pas par hasard si le mot cœur rime avec douleur.

L'année précédente, Anton avait commis *La Foi*, *L'Espérance* et *La Charité*. Trois volumes d'une force prodigieuse, nés dans des conditions qui avaient failli coûter la vie au jeune poète. Comme cela a déjà été relaté dans le récit de l'acteur royal Hansén, nous n'y reviendrons pas, même si cette histoire est fort édifiante. Les amours juvéniles recèlent une beauté inouïe, mais les protagonistes n'en prennent conscience qu'une fois trop vieux, lorsqu'ils rêvent d'un dernier amour aussi douloureux qu'enivrant.

Mais la monumentale trilogie fut détruite à l'occasion d'une sévère dépression et éparpillée au vent du sud, du haut de la Bosse de Svendson par un poète en proie à des pleurs hystériques. Herbert lui aussi pleurait, parce qu'il avait adoré cette œuvre. Elle avait su toucher son intellect au point qu'il avait endossé le rôle du héros, et cela à l'insu d'Anton.

Après la destruction d'une telle somme, la seule que son crayon ait jamais produite, une sorte de léthargie s'empara d'Anton et le condamna à errer dans la toute-puissante nature groenlandaise. Sur les eaux noires des fjords, sous le ciel clair de l'été, son âme tourmentée chercha le repos. Dès que la glace le lui permit, il leva le camp avec le kayak qu'il avait lui-même construit, structure en bois de pin et voile peinte de couleurs vives, pour s'engouffrer entre les flancs de vertigineuses montagnes, où il put enfin ouvrir son esprit à ce que cette nature grandiose avait à lui confier.

Herbert était très inquiet pour son compagnon. Et quand c'en devint trop, il prit la yole et descendit jusque chez Valfred et le Lieutenant Hansen qui essayèrent de le rassurer du mieux qu'ils le purent.

— Pas la peine de se farcir des nuits blanches à cause de ça, Herbert, lui conseilla Valfred. La veine d'un poète, c'est rien d'autre qu'une espèce d'intestin spirituel qui a besoin d'être bien rempli avant de pouvoir se vider. Anton est parti faire le plein, et tu verras, tôt ou tard tout ressortira, sauf s'il nous fait une occlusion. Le roman qu'il a détruit, comme tu dis, c'était probablement rien d'autre qu'une terrible chiasse.

Valfred était allongé au soleil devant la maison, sur un matelas de varech que le Lieutenant avait descendu du grenier. Un cruchon émaillé rempli de café oscillait dangereusement sur sa bedaine au rythme de sa respiration.

— C'est pas si facile que ça d'être poète, soupira-t-il. Parce que c'est une passion dont il peut être aussi difficile de se débarrasser que des hémorroïdes, à moins de se faire opérer. Comme moi.

— Anton est surtout heureux quand il écrit, lui rappela Herbert.

— La bonne blague !

Valfred leva la tête et exhiba ses dents du commerce dans un sourire flamboyant.

— Si tu le dis, Herbert. Moi, j'ai connu un type à Slagelse à une certaine époque. Un homme tout à fait bien à part le fait qu'il lui courait un peu trop de sang de poète dans les veines. Et il arrivait pas vraiment à contrôler tout ça, même s'il était tout à fait heureux au moment où il s'adonnait à sa poésie. C'était un petit bonhomme cultivé et bien éduqué qui parlait avec un petit accent pointu de la capitale. Il avait été comptable à l'abattoir pendant un temps, comptable et caissier, et il était très apprécié parce qu'il n'était pas particulièrement chien et accordait souvent des petites avances aux ouvriers. Un homme compétent et compréhensif. Bien que poète. Mais un jour, son intestin spirituel plein à ras bord, il lui a fallu sortir pousser l'horizon. On l'a jamais revu.

— Mais il était comptable, objecta Herbert, c'était pas un vrai écrivain comme Anton !

Valfred fit une bouche en cul de poule et aspira son café.

— Eh, non, pour sûr, un vrai poète comme Anton, ça il l'était pas, admit-il. Mais il savait se servir de son imagination et déblatérer, le Thorvaldsen en question. Parce que c'était son nom : Thorvaldsen, Karl. Il disait toujours le nom de famille en premier, comme ça on se souvenait mieux de lui, rapport au célèbre sculpteur. Et il était aussi doué question écritures que n'importe quel poète. Il trafiquait les comptes, et il a fallu des mois et des mois au directeur et à une smala d'experts-comptables pour démêler ce qu'il avait fait. Moi, j'appelle ça de la poésie, de la vraie de vraie. Quand il a eu besoin de refaire le plein, le désœuvrement l'a poussé à s'installer dans des coins reculés du royaume pour chercher une nouvelle inspiration. De toute façon, à Slagelse, y avait un peu trop de monde qui voulait lui souffler dans les bronches, ça le fatiguait. Un virtuose, ce Thorvaldsen, Karl.

Comme Herbert était en visite à Fimbul, il s'abstint de contredire son hôte, alors qu'il ne partageait pas du tout la vision de Valfred en ce qui concerne les artistes.

Le Lieutenant, assis à côté du matelas de varech, les fesses sur ses talons et le regard braqué sur l'eau du fjord, dit d'un ton péremptoire :

— La solitude, la nostalgie et la douleur forment le caractère. Quand Anton rentrera, il sera serein et discipliné. Crois-moi, Herbert.

— S'il revient ! souffla Herbert. Parce qu'il est parti les mains vides. Il a sorti le kayak de la cabane annexe, posé son fusil à l'avant, puis il a commencé à pagayer sans même dire au revoir. Même son sac de couchage, il l'a laissé à la maison.

— Fichtre !

Valfred se releva à moitié en gémissant.

— Pas même une goutte d'eau-de-vie pour le voyage ? Parce que je suppose que vous en avez quand même à Guess Grave ?

— Cinq litres. J'ai terminé de distiller il y a juste une semaine, soupira Herbert.

— Doux Jésus, cinq litres !

Valfred se retrouva du coup tout à fait assis, avec un sourire bienveillant pour Herbert.

— Et il ne se trouverait pas par hasard que t'en aies apporté quelques litres à tes hôtes ? Histoire de leur faire un petit cadeau, en toute simplicité ?

Herbert poussa un soupir encore plus profond et alla chercher une bouteille d'un litre dans le bateau.

Chacun à sa place au soleil, ils jouissaient de la belle journée. Les chiens, qui somnolaient près de la rivière, disparaissaient dans l'ombre puissante de la montagne de Fimbul. Le fjord s'étalait comme une large bande d'argent fraîchement polie, reflétant les nuages en queues de vaches qui lentement croisaient dans le ciel. Un bourdon plein d'ardeur s'affairait entre la bruyère mauve et le romarin minuscule, mêlant les pollens. Sur la plage, les clochettes sauvages accrochées aux rochers saluaient le merveilleux après-midi de leur tintinnabulement silencieux.

L'ambiance était délicieuse, et comme Herbert avait bien envie de la prolonger, il alla chercher un nouveau litre dans la yole, une fois le premier épuisé.

Anton continuait de pagayer à travers le Détroit de Véga. Et bien que ce soit l'été et qu'il fasse chaud et clair, c'était une obscurité hivernale et un froid glacial qui régnaient sur son âme. Les dents serrées, il laissait mille après mille derrière lui dans cette nature sans limites à laquelle il s'était abandonné. Quand le soir arriva, il accosta à proximité d'un nœud de montagne qui avançait dans l'eau, si bien que le soleil l'illuminait toute la nuit.

Il tira le kayak au-dessus de la marque des marées, roula la ceinture ventrale du kayak en boule et la plaça sous sa tête pour se coucher. Il ferma les yeux et fit un effort pour ne penser à rien. Tâche impossible tant tout était bruyant et tumultueux dans son esprit. Alors, il essaya de se concentrer sur ses sens, afin de détourner le cours de ses pensées. D'abord, il essaya avec l'ouïe. Mais comme c'était la nuit et que la plupart des oiseaux migrateurs s'étaient posés pour quelques heures de répit, qu'il n'y avait pas un souffle de vent, et que le fjord était lisse et presque déserté par la glace, le silence était total. Il n'entendait que sa propre respiration, ce qui était de peu d'intérêt. Alors il se concentra sur ce que l'acteur royal Hansén avait nommé « le silence étourdissant du Grand Nord ».

Puis il passa à l'odorat, mais là encore le résultat fut maigre. Il sentait l'odeur de l'eau du fjord, un peu le varech, et la bruyère autour de lui. Il eut l'impression de sentir des coquelicots, mais c'était assez extravagant, les coquelicots les plus proches se trouvant sur l'Île d'Ymer à quinze bons kilomètres de là.

Alors Anton s'enfonça un peu plus en lui-même et essaya d'écouter son âme. C'était une expérience qu'il n'avait jamais tentée auparavant, et il fut surpris de ce que son âme avait à lui dire.

— Anton Petersen, lui dit-elle, tu n'es qu'un pisseur de copie, des plus vaniteux, qui ne saura jamais devenir quoi que ce soit en littérature digne de ce nom. Tu avances ta main vers les étoiles et tu crois, mon pauvre garçon, que tu peux les décrocher une à une. Ton roman était une bouillie innommable, et tu peux remercier le ciel d'avoir eu le courage de le faire disparaître. Tes poèmes d'amour, c'était à se mordre les roupettes et chialer de honte. Sans parler de tes élucubrations sur la liberté qui tenaient de la diarrhée de renard. Hé ! T'entends quand je cause ?

Anton ouvrit les yeux et regarda autour de lui, confus. Ses pensées entonnèrent alors de furieuses protestations contre les insolences de son âme. Il y avait quand même des limites à ce qu'un homme pouvait s'entendre dire. Il était grand poète, quoiqu'un peu défaillant pour le moment, un poète qui avait simplement un peu perdu le rythme. Mais ça faisait partie des vicissitudes du métier. Bien sûr que ses poèmes d'amour étaient remarquables, même si leur forme n'était pas aboutie. Quant à ceux qui exaltaient la liberté, ils étaient voués à devenir un jour un véritable trésor national, pour peu qu'il ait réussi à les faire publier. Ainsi les pensées contredisaient l'âme. Anton restait passif et les laissait se disputer, se libérant ainsi des deux. Il se leva, totalement vidé, et descendit jusqu'au kayak, le poussa dans l'eau et se laissa dériver vers le large, sans âme, sans pensées.

Il était sur le point de passer l'embouchure du fjord quand quelque chose de singulier se produisit. Il sentit tout s'ouvrir en lui, lentement, et il sentit qu'une chose étrange, comme quelque chose de sublime, le quittait majestueusement, sans qu'il puisse y faire quoi que ce soit. Une fois libéré, il se sentit envahi d'une sorte de jubilation et d'un immense soulagement. Plus de renvois aigres de l'âme, plus de pensées gluantes. Un poème était né !

Anton ouvrit grand la bouche et fit résonner la nouvelle sur toute la surface du fjord. Il posa la pagaie sur l'eau pour ne pas chavirer, ferma les yeux et écouta le poème qui claironnait dans sa tête. Puis il poussa un nouveau hurlement de joie, dégaina son 89 et tira une salve de six coups dans le bleu du ciel d'été.

— Je suis un poète ! hurla-t-il. Putain de bordel de merde, je suis un poète !

Il abaissa le capuchon de son anorak de manière à pouvoir hurler librement le message aux quatre points cardinaux. *Les Ballades de Haldur* lui étaient venues. Il leur avait donné naissance sans même savoir qui était le Haldur en question. Ce furent les débuts du barde de la Côte et de ses odes nationales qui seraient chantées même après sa mort, pour peu qu'il reste encore des humains dans ces contrées.

D'un coup de pagaie vigoureux, Anton tourna le kayak et se mit à pagayer en direction du fond du fjord. Pensées et âme lui sautèrent dessus quand il dépassa le nœud de montagne où il les avait laissées, mais il ne les remarqua même pas. Il pagayait assidûment, rempli d'une force étrange, en direction de Fimbul, la cabane la plus proche.

À son arrivée, la nuit était toujours aussi claire. Le soleil brillait sur la glace qui soupirait et transpirait et craquait dans les eaux proches de la maison. Dès qu'Anton fut à portée d'être entendu de la station, il saisit son fusil et tira deux salves en l'air, tout en hurlant de toutes ses forces.

Le Lieutenant s'éjecta de sa couchette, bondit à la fenêtre, aplatit son nez pointu contre la vitre et murmura :

— C'est Anton ! Valfred, Herbert ! Anton lance une offensive !

Herbert se redressa sur le banc.

— Mon Dieu ! cria-t-il. Qu'est-ce qui lui est arrivé à ce pauvre petit ?

— Quelle canonnade ! commenta Valfred depuis sa couchette. Serions-nous en guerre avec quelqu'un, petit Hansen ?

— C'est Anton, il tire sur le fjord, répondit le Lieutenant, et il hurle comme un renard à la pleine lune.

Valfred secoua la tête avec tristesse sans aller toutefois jusqu'à la lever de son oreiller.

— Seigneur, alors le vertigo a chopé Anton aussi. C'est ce que j'ai toujours dit : c'est les jeunes qui tombent les premiers. Nous les vieux, on a comme qui dirait plus de contrôle sur nos pulsions, et c'est pourquoi on tient plus longtemps.

Il leva la tête et regarda vers la fenêtre où ses compagnons étaient collés à la vitre.

— Ils vous ont des besoins effroyables de s'épancher, ces jeunes, et quand on pense que toute cette misère, ça leur vient d'un seul endroit au-dessous de la ceinture !

Il se tourna sur le côté et professa, doctoral :

— J'ai connu un type comme ça une fois à Slagelse. Un gringalet toujours en chaleur lui aussi, mais qui ne pouvait s'amouracher que de jambons. Des gros, des ronds et des lisses, qui brillaient comme de la nacre quand on les mettait sous la lumière. Son père avait un dépôt de bière, c'est d'ailleurs comme ça que j'ai appris à connaître le fils. Au quotidien, c'était un brave commerçant. Il sévissait dans la lingerie comme Petit Pedersen autrefois. Et comme tout le monde le sait, c'est un boulot qui attire les déviants. Mais bon, c'était pas mes oignons, tant que je pouvais troquer des jambons contre des bières. Il exigeait toujours ce qu'il y avait de mieux, parce que ça, du goût, il en avait, le bougre. Il voulait des beaux jambonneaux, bien roulés, même que j'avais parfois l'impression de faire le maquereau. Hé, hé.

Le Lieutenant enfila rapidement quelque chose aux pieds et sortit, suivi d'Herbert. Anton venait d'accoster. Il tira soigneusement le kayak jusqu'à la terre sèche et se dirigea vers la maison à longues enjambées décidées. Le Lieutenant vint à sa rencontre dans sa chemise de nuit flottant au vent, ses fixe-moustaches au nez et ses souliers de jonc aux pieds. Ils s'arrêtèrent à quelques mètres l'un de l'autre, et le Lieutenant scruta le regard d'Anton.

Il a l'air clair, pensa-t-il avec soulagement, et il avança la main :

— Bienvenue à Fimbul, Anton.

Anton lui prit la main et la serra chaleureusement. Puis il dit d'une voix forte et surexcitée, en envoyant un regard vers Herbert :

— Le miracle s'est produit, Herbert ! Je suis un poète.

Herbert arriva à sa hauteur. Il posa un bras sur l'épaule d'Anton et commença à le diriger vers la maison.

— Dieu soit loué, dit-il avec un soupir de soulagement. On avait peur que tu aies sombré dans le vertigo. Qu'est-ce que tu écris alors, Anton ?

— *Les Ballades de Haldur*, répondit Anton.

— Ah, bon, Haldur, hum. Intéressant. On peut les lire ?

— Elles ne sont pas encore couchées sur le papier, dit Anton. Elles sont là, dans ma tête. Ça coule comme de la chiasse de veau de lait.

Il rit de bonheur, bêtement, et Herbert se dit en son for intérieur que cette poésie était peut-être quand même un brin teintée de vertigo.

Ils rentrèrent dans la maison, et Anton salua Valfred qui souleva la tête et regarda, par curiosité, pardessus le bord de sa couchette.

— Anton compose des ballades, l'informa Herbert. Il ne les écrit pas, vu qu'elles sont gravées dans sa tête.

Valfred dodelina du chef, tristement.

— Exactement comme le type dont je vous parlais avant que vous sortiez. Lui aussi, il avait tout dans la tronche. J'veux dire, ses envies de porter la main sur des jambons, il y pouvait strictement rien.

Le Lieutenant Hansen regarda son compagnon. C'était la première fois qu'il entendait parler d'un obsédé du jambonneau.

— Qu'est-ce qu'il est devenu ? demanda-t-il, intéressé.

— Il est mort de chagrin.

Valfred souleva le torse, s'appuya sur son épaule et regarda tristement ses amis.

— C'était vraiment désolant. La veille de Noël, il a séduit la plus belle pièce de jambon que je lui aie jamais trouvée. Il en est tombé follement amoureux. Il a participé aux nombreuses festivités de Noël comme dans un état second. Le lendemain de Noël, il s'est tiré une balle dans la tête au fond du dépôt de bière.

— Il s'est flingué ?

Anton regarda son ancien compagnon de station avec étonnement.

— Mais tu viens de dire qu'il était follement amoureux.

— Oui, justement.

Valfred mâchonna pour rajuster son dentier et réinstalla sa tête sur l'oreiller.

— Il est mort de chagrin, comme je disais, parce qu'il avait mangé sa fiancée avec volupté au repas de Noël. Sa mère la lui avait servie bouillie avec des petits drapeaux danois, des pommes de terre caramélisées et toute la garniture traditionnelle. Un accident navrant qui montre bien à quel point j'ai raison quand je dis que c'est les jeunes qui tombent les premiers.

— Mais quel rapport entre les jambons et la poésie d'Anton ? s'enquit Herbert.

— Pas mal de rapports, murmura Valfred.

Il avait fermé les yeux pour reprendre son sommeil interrompu, et juste avant de s'abandonner, il répéta :

— Pas mal, petit Herbert, sans toutefois expliquer plus clairement ce qu'il entendait par là.

Après s'être reposé quelques heures sur le toit de la cabane annexe, Anton se leva et monta jusqu'aux ruines de l'ancienne cabane de distillation. Là, il s'assit, l'esprit à l'écoute, et réceptionna ses poèmes, tous plus somptueux les uns que les autres. Herbert arriva sur la pointe des pieds, et s'installa silencieusement à ses côtés, avec le secret espoir que le Maître daignerait ouvrir le bec et dévoiler certaines de ses trouvailles au bas peuple. Mais Anton resta muet, même si ses lèvres remuaient légèrement, comme pour goûter la saveur des mots.

Plus tard dans l'après-midi, le Lieutenant apporta du café et des rations de biscuits. Valfred, quant à lui, quitta sa couchette et rejoignit la petite assemblée.

C'était comme si l'état d'Anton exigeait un silence absolu. Même Valfred pour une fois respecta le silence, à part quelques mâchonnements et menus craquements quand ses belles dents rutilantes broyaient les biscuits pourtant ramollis. Le Lieutenant fixait le fjord, non sans de temps en temps jeter un rapide coup d'œil vers Anton. Il voyait bien qu'une éruption se préparait au tréfonds du jeune poète. Les signes étaient évidents. Les narines d'Anton se gonflaient, ses longs doigts s'agitaient de manière incontrôlable, et de temps à autre il renversait la nuque en arrière comme un loup qui s'apprête à hurler. Puis, d'un coup, ça sortit. D'une voix profonde, bien placée, qui, certes, était bien celle d'Anton mais en même temps une toute nouvelle :

Ô combien d'astres et d'étoiles,
Dans ce vaste ciel d'hiver !
Tant qu'il fallut, sur la toile
Du traîneau, à Haldur, soudain vert,
S'allonger ; devant ses yeux, un voile.

Il s'étira sur son traîneau,
Fixant avec allégresse
Tous ces petits lanterneaux,
Là, sous la voûte maîtresse,
Lui, le petit puceau.

La plupart de ces étoiles étaient isolées,
À leur place au firmament.
Mais d'autres étaient concentrées,
Risquant de dangereux accidents,
Dans ces contrées.

Seules quelques-unes,
Devant l'imminence du danger,
S'échappaient sous la lune,
En étoiles filantes changées,
Fuyant, debout à la hune.

Et Haldur sur son traîneau se repose,
De ces étoiles se faisant un bain.
Il sent avec elles comme une osmose,
Proches, à portée de main.
Oui, une symbiose !

Et les chiens se mirent,
De plaisir ou de compassion,
À pousser, comme des rires,
Des grognements profonds,
Dans un bienheureux délire.

Mais il advint qu'un nuage couvrit le ciel
De sa grosse masse noirâtre
Qui voila soudain la kyrielle
D'étoiles, à Haldur, tel un cloître,
Un nuage engrossé par le ciel.

Ce nuage, au-dessus des chiens s'arrêta,
Et de leur maître sur son traîneau,
Et de la neige, tel des flocons d'étoiles, tomba.
Haldur sentait ses baisers mouillés, mais beaux.
Cette neige au goût d'étoile de volupté le gava.

C'est que les étoiles de l'éternel ont le goût,
Et l'odeur de la glèbe quand elles tombent.
Du divin et du ciel, elles ont tout :
La musique, le génie, l'art de faire la bombe,
Et de la terre des hommes, les atouts.

Douze couches d'étoiles tombèrent
Avant que le nuage ne se retire,
Et que le ciel de ses torchères
À nouveau s'illumine et enfin respire.
Le miracle ainsi s'opère.

Mais au-dessus de Haldur,
Ne restait que l'espace vide,
Un ciel absolument pur.
Après toutes les étoiles, qu'avide,
Une à une avait dévorées Haldur.

Anton baissa les yeux, fixant le bout de ses kamiks. Il cala ses mains sur ses genoux pointus et se racla la gorge, embarrassé. Herbert poussa un soupir émerveillé, et les yeux pistolets du Lieutenant, atterré, braquèrent le poète. Valfred rompit l'atmosphère devenue lourde.

— C'que tu viens de nous livrer là, petit Anton, c'est du putain de travail d'artiste. C'est un poème où y a du rythme, de la mélodie et de l'amour. Et ça montre bien, comme je disais, qu'il y a une étroite relation entre les jambonneaux du vendeur de fanfreluches et tes poésies.

Valfred se mit debout avec un gémissement. Il resta comme ça, à regarder Anton à ses pieds, une douce expression au visage.

— Dans les jambonneaux tout comme dans les poèmes réside une force que rien ne peut contrôler. Et ça, c'est dangereux, pendant les jeunes années. Souviens-toi toujours de ça, petit Anton, une poésie, c'est une poésie et un jambonneau, c'est un jambonneau. Des grands mots d'un côté, et de la bidoche grassouillette de l'autre, mais c'est du pareil au même.

Il sourit joliment de toute sa porcelaine.

— Mais ce genre d'hymne, ça appelle des festivités. Et puisque te voilà enfin devenu un vrai poète, le Lieutenant et moi, on offre une bouteille d'eau-de-vie de myrtilles qui attend depuis bien trop longtemps un heureux événement comme celui-ci, parole de Valfred.

Quelques réflexions anodines
à propos de culture

... où le compilateur des racontars arctiques, contrairement à sa ligne de conduite habituelle, se permet quelques considérations personnelles.

En prolongement du récit *Les Ballades de Haldur*, le narrateur de ces tranches de l'histoire du nord-est du Groenland souhaite ajouter quelques précisions.

Si nous partons du principe que la culture constitue l'éducation mentale et morale d'un individu, et que le mot « culture » a la même origine que le mot « culte », impliquant par là le respect de la tradition, nous pouvons raisonnablement avancer que c'est une culture tout à fait particulière et bien vivante qui régnait dans le nord-est du Groenland. Nous pouvons avancer aussi que, tout comme pour les cultures européenne, chinoise ou indienne, par exemple, qui s'expriment autant au travers de coutumes bien établies que par des acquis raffinés, tels que la littérature, la philosophie ou les sciences, le nord-est du Groenland détenait sa propre culture, tout à fait unique et singulière.

Le mot latin *cultura* signifie au départ « travail de la terre ». Ici nous pouvons, sans trop grand risque de trébucher dans nos propos, mentionner le cas exemplaire de Grover Bay, où le Comte et l'avocat Volmersen s'échinaient sur le maigre humus groenlandais pour faire germer d'embryonnaires pommes de terre et de rachitiques pieds de vigne. Au niveau métaphorique, nous devons inclure tout ce que l'Homme a transformé par son esprit. Et là, la culture nord-est groenlandaise n'est en rien inférieure aux autres. Mentionnons au hasard la philosophie si spécifique de Bjørken, l'orchestre symphonique de la Côte, les expressions artistiques exclusives du tatoueur – expressions qui ornaient pratiquement tous les habitants du pays – sans parler du génie poétique d'Anton.

Cette petite dissertation est destinée à témoigner de la vitalité de la poésie qui, hormis les tatouages, constitue la part de la vie culturelle de la Côte qui subsistera le plus longtemps.

Les poèmes d'Anton Petersen étaient colportés de cabane en cabane par l'interprète Herbert qui, grâce à sa fréquentation de l'acteur royal Hansén, s'était façonné un certain sens de la gestuelle théâtrale, associé à un indéniable talent pour la déclamation.

Les premières *Ballades de Haldur* se bousculèrent hors d'Anton au cours de sa visite à la Cabane de Fimbul. Et elles continuèrent à sortir, à un rythme régulier, plusieurs fois par jour, avec une mécanique parfaitement huilée.

Anton refusait de coucher sur le papier ses créations, estimant que ce qu'il n'était pas capable de mémoriser ne méritait pas de survivre. Mais Herbert, qui tremblait à l'idée que le poète puisse être touché par une crise d'amnésie ou tout simplement dépose ses kamiks, notait avec zèle chaque mot qui coulait de sa bouche. Herbert voyageait entre les cabanes au cours de l'hiver pour donner à partager la grandeur du poète au reste de la population, ce qui nous montre bien comment un homme simple, du genre d'Herbert, peut se transformer en protecteur et diffuseur de la culture.

Qu'on nous permette de donner ici quelques exemples de ces poèmes qui, selon les vœux d'Anton lui-même, furent nommés, à tout jamais, *Les Ballades de Haldur*.

Au cœur de l'hiver, Anton ramena d'un long voyage glacial dans le nord du district, à travers des fjords que baignait la lumière blafarde de la lune, les impressions suivantes en vers libres, et cela sous le pseudonyme de Haldur.

Haldur et la lune

Haldur filait sur la glace,
En bon chasseur, à la cravache,
Tiré par ses pensées salaces,
Et huit gros culs de vaches.
Il lorgnait la lune,
Qu'elle était belle, bon Dieu !
C'était une bonne fortune,
Et lui-même était un Dieu.
Parce que :
Putain, qu'elle était chouette,
Aussi désirable qu'une girouette,
Il pouvait presque la toucher, oh yé !
En se mettant sur la pointe des pieds.

Voyez, un Dieu, ça se permet tout,
Sans rien demander à personne :
Jouer, boire, danser et pisser n'importe où,
Faire la bête à deux dos quand ça le sonne.
Alors, puisqu'on est tous divins,
Couchons avec la lune sans plus tarder,
Laissons de côté ce qu'il y a en nous de crétin,
Elle s'apprête, comme les filles en été.

Parce que :
Putain, qu'elle était chouette,
Aussi désirable qu'une girouette,
Il pouvait presque la toucher, oh yé !
En se mettant sur la pointe des pieds.

Et Haldur à la lune rêvassait,
Ne voyait rien autour de lui,
Absorbé qu'il était par ce qui se passait,
Au-dessous de sa ceinture, pardi !
Il ne voyait plus ni glace ni chiens
Ni l'ours affamé et grognon,
Qui pour une promenade de rien,
Avait quitté son gîte mignon.
Parce que :
Putain, qu'elle était chouette,
Aussi désirable qu'une girouette,
Il pouvait presque la toucher, oh yé !
En se mettant sur la pointe des pieds.

L'ours alors sur le traîneau s'abattit,
Et sur les genoux de Haldur atterrit,
Qui sans même avoir le temps de souffler « Putain ! »
Se retrouva écrabouillé sous l'engin.
Puis l'ours le chasseur Haldur bouffa,
Avant qu'il ne refroidisse,
Et l'âme de Haldur au ciel monta,
Son désir toujours là, comme une chaude-pisse.
Parce que :
Putain, qu'elle était chouette,
Aussi désirable qu'une girouette,
Il pouvait presque la toucher, oh yé !
En se mettant sur la pointe des pieds.

Oyez, oyez ! Haldur, où vous pensez, avait le feu,
Et se mit à courir sous la lune, leste,
Sous un ciel merveilleusement lumineux,
Contre le vent du sud-est.

Or, il advint qu'un nuage masqua la lune,
Et ça, il aurait jamais dû,
Car cette femelle n'en rate pas une,
C'est comme ça, turlututu.
Parce que :
Putain, qu'elle était chouette,
Aussi désirable qu'une girouette,
Il pouvait presque la toucher, oh yé !
En se mettant sur la pointe des pieds.

Ce que, derrière le nuage, la lune traficota,
Personne ne le sait, pour sûr,
Et la lune elle-même, trop maligne, jamais ne le dira.
Mais j'ai ma petite idée, se dit Haldur,
Quand d'un coup de braguette
Magique, le nuage il eut ôté,
Il se trouva qu'une autre bébête,
La belle avait engrossée.
Parce que :
Putain, qu'elle était chouette,
Aussi désirable qu'une girouette,
Il pouvait presque la toucher, oh yé !
En se mettant sur la pointe des pieds.

D'abord Haldur jura, longtemps,
Puis pleura, un court instant.
Alors la lune de ses bras l'entoura, tendrement,
Lui fit un baiser sur la bouche, pleine d'allant.
« Ne fais pas attention à moi, petit Haldur,
Quand je sors m'aérer les grolles.
Si on aime la lune, petit cœur pur,
On l'aime à tour de rôle. »
Parce que :
Putain, qu'elle était chouette,
Aussi désirable qu'une girouette,
Il pouvait presque la toucher, oh yé !
En se mettant sur la pointe des pieds.

Un autre exemple de l'art consommé d'Anton trouva sa source dans l'absence de repères temporels d'Olav ibn Abdullah Frederiksen au cours du neuvième mois, celui du Ramadan. Le jeune poète médita longuement sur l'étrange phénomène, et une fois qu'il se fut ouvert à Haldur, la réaction fut immédiate.

Les petits instants

Le temps, nous ne pouvons pas le toucher,
Ni l'entendre, ni le voir.
Il s'écoule, tel du petit-lait,
Comme à travers une passoire.

Le temps en maints petits moments est divisé,
Ce qu'ignorent des gens la plupart.
Le temps, pour eux, c'est avant, après, pauvres niais,
Ils en oublient le maintenant, les nullards.

Haldur de Guess Grave pensait,
Au temps qui passait,
Le voyait, inquiet, s'immobiliser,
Aujourd'hui devenir hier, oh yé !

Une fois qu'il eut réfléchi longuement,
Son esprit s'embrouilla,
Et tous les petits instants,
Entreprit d'occire à tout-va.

De Guess Grave Haldur le chasseur,
Commettait meurtre après meurtre, en nage,
Transperçant ses victimes avec volupté et ardeur,
Pour les suspendre enfin à un fil d'étendage.

Ainsi Haldur captait l'instant, le maintenant,
Y vouant tout son temps, assidûment,
Et c'est un brin surpris, naturellement,
Qu'il vit renaître et s'écouler le temps normalement.

Il se trouvait, par bonheur, qu'Anton composait mieux quand il était dehors, un peu comme si les quatre murs de la maison séquestraient les nombreuses idées impétueuses, comme si la chaleur, le confort, les repas, ainsi qu'Herbert, dont l'oreille traînait toujours, posaient un couvercle sur sa marmite de ballades qui par contre coulaient généreusement dès qu'il était en voyage.

Les deux compagnons décidèrent donc qu'Anton inspecterait les pièges dans leurs deux districts, pendant qu'Herbert mettrait les poèmes au propre et ferait des tournées de visite afin de les rendre publics. Ce fut pour tous les deux une période heureuse. Anton s'occupait assidûment de la chasse et ramenait beaucoup de renards à la cabane où Herbert et lui les déhoussaient, étiraient les fourrures sur les planches et les mettaient à sécher au-dessus du poêle.

Et pendant qu'ils travaillaient ainsi, Anton déclamait les ballades qui lui étaient venues au cours de ses tournées de relevage des pièges. Naturellement, il était fatal qu'un homme aussi jeune qu'Anton, alias Haldur, croise le chemin le plus périlleux de la poésie, l'amour, et que les exemples les plus ardus trouvent leur place dans les poèmes dont le thème abordait le rapport de Haldur à la femme. Anton avait de lui-même abandonné la veine romantique à l'époque où il avait renié l'œuvre de sa vie, *La Foi*, *L'Espérance* et *La Charité*. Il avait désormais une attitude moins alambiquée envers le beau sexe, ce qui l'aidait à traverser les longs mois de solitude hivernale, et prenait toute sa dimension au travers des *Ballades de Haldur*.

À titre d'exemple, nous pourrions mentionner une vision qui vint à Haldur pendant un voyage jusqu'au Cap Rumpel au début du printemps. La ballade resta sans titre, mais on la trouve dans le florilège du nordest du Groenland sous le numéro 212.

Deux cent douze

Haldur glissait sur ses longs skis,
Lisses, comme le cours de ses pensées,
Et, sous la nuit sombre, dans l'abri,
Il rêvait :
Affalé sur le ventre d'Oda,
Affamé comme un clébard,
Ses yeux comme aspirés, il senta (ha, ha),
Et l'eau lui vint à la bouche, veinard.

Haldur, d'Oda, embrassait les cheveux,
Si longs, si blonds, si crasses,
Ainsi que ses cuisses grasses
Et la poitrine souple d'Oda, l'heureux !
Seins gros et ronds,
Au goût de hareng salé,
Ce qui est sain et nourrissant et musqué,
Faut aimer ça, mais bon !

Il y avait comme un parfum délicieux,
Dans le torride baiser d'Oda,
Pâtisserie maison à vous élever aux cieux,
Saupoudrée de sucre glace, oh la la !
Et tout à coup Haldur voulut,
Ce que tout chasseur a dans l'âme,
Mais qui jamais n'arrive, vu
Qu'il faut pour cela une dame.

Haldur toucha alors la cuisse d'Oda,
De l'ongle de sa pensée,
Et un goût de soleil et printemps scintilla
Au palais de son âme et de son périnée.
D'Oda alors, tout le corps il ingurgita,
Tout entier le dévora, méthodique,
Mais une fois qu'il eut tout mangé, le scélérat,
Haldur fut saisi d'un sérieux embarras gastrique.

Un certain nombre de *Ballades de Haldur* étaient des sortes de vastes poèmes épiques qui, à l'instar des chansons populaires, relataient un événement précis. Le plus souvent, il s'agissait d'une histoire triste avec une issue heureuse, dont le contenu témoignait de la vie quotidienne au nord-est du Groenland. Parmi ces poèmes-fleuves il serait bienvenu de citer *Qu'est-ce qu'on attend pour être heureux*, imaginé après une visite chez Lodvig qui porte ici le nom de Bertold. Cette œuvre inspira à ce point Doc de Cap Rumpel qu'il décrocha doucement sa scie du mur pendant qu'Herbert déclamait. Progressivement, les paroles doucereuses se trouvèrent accompagnées par les sanglots de la scie.

Qu'est-ce qu'on attend pour être heureux

Haldur se rua jusqu'au Cap d'Arnold,
Qu'est-ce qu'on attend pour être heureux ?
Pour feuilleter avec Bertold,
Le chansonnier de Holmblad, un rien peureux.

Mais Bertold était mal en point,
Qu'est-ce qu'on attend pour être heureux ?
Il gisait dans sa couchette, dans un coin,
Telle une misérable épave, en un mot malheureux.

« Putain de bordel, Bertold, espèce de faux apôtre,
Qu'est-ce qu'on attend pour être heureux ?
Tout ça, c'est rien d'autre
Que de la mauvaise foi, du chassieux. »

Mais Bertold ne vit pas Haldur,
Qu'est-ce qu'on attend pour être heureux ?
Il se retourna contre le mur,
Faisant semblant de dormir, comateux.

Haldur frappa du poing sur la table :
Qu'est-ce qu'on attend pour être heureux ?
« Que t'emporte le diable,
Maintenant, on tape les cartes, morveux.

À quoi ça ressemble, ça,
Qu'est-ce qu'on attend pour être heureux ?
De traîner, grognon, dans ta couchette, là,
Alors qu'on pourrait s'amuser un peu ? »

C'est alors que Bertold se tourna,
Qu'est-ce qu'on attend pour être heureux ?
Et souffla, un sanglot dans la voix :
« C'est Oda, tu sais, Oda de Lemvig, et je suis malheureux.

J'ai, d'elle, reçu cet été une lettre,
Qu'est-ce qu'on attend pour être heureux ?
Mille fois l'ai lue cette lettre,
Et Oda m'est devenue une obsession, parbleu ! »

Il la (la lettre) donna à lire à Haldur,
Qu'est-ce qu'on attend pour être heureux ?
Une longue lettre tendre, douce, pas dure,
Tamponnée de Lemvig, un jour de printemps langoureux.

« Fichtre ! Qu'est-ce donc que cet artifice ?
Qu'est-ce qu'on attend pour être heureux ?
Ce qu'elle écrit, toujours n'est que vice,
Ballonnement et vent foireux. »

Alors Bertold la tête releva,
Qu'est-ce qu'on attend pour être heureux ?
« Mais c'est que tu comprends, va,
Je n'ai pas plus de fiancée à Lemvig qu'à Évreux.

La lettre, simplement, avait été mal distribuée par erreur,
Qu'est-ce qu'on attend pour être heureux ?
Et elle s'est transformée en long couteau de chasseur,
Qui a déchiré mon cœur en deux.

Et pour l'heure, malade d'amour je suis,
Qu'est-ce qu'on attend pour être heureux ?
Comment me trouver, je sais, je fuis !
Une fiancée à Lemvig ? J'suis pas ambitieux ! »

Haldur hocha la tête, méditant,
Qu'est-ce qu'on attend pour être heureux ?
Il voyait son compagnon souffrant,
Et ça l'embarrassait quelque peu.

« T'inquiète, c'est simplement mon Oda à moi,
Qu'est-ce qu'on attend pour être heureux ?
Mais tu peux la gagner, faire le roi,
Viens la jouer aux cartes, si t'es chanceux. »

Ils s'installèrent à la table,
Qu'est-ce qu'on attend pour être heureux ?
Battirent les cartes comme des diables,
La fille de Lemvig comme mise, c'est honteux.

Vingt-quatre heures durant ils jouèrent,
Qu'est-ce qu'on attend pour être heureux ?
Si bien qu'Oda ils oublièrent,
Tant ils buvaient à qui mieux mieux.

Au matin, ils sortirent pisser,
Qu'est-ce qu'on attend pour être heureux ?
Se soulageant des schnaps absorbés,
Ainsi que d'Oda de Lemvig, bon Dieu !

C'était une matinée royale,
Qu'est-ce qu'on attend pour être heureux ?
Parcourue d'aurores boréales,
Brillante d'étoiles en mille feux.

Et la lune leur sourit en biais,
Qu'est-ce qu'on attend pour être heureux ?
Et la cime des montagnes ressemblait,
À une grande forêt figée, quasi bleue.

Émerveillé, Bertold chuchota,
Qu'est-ce qu'on attend pour être heureux ?
« Un bon vieux poker, mon gars,
C'est sûr y a rien de mieux. »

Les Ballades de Haldur ne sont pas connues en dehors de la Côte, au contraire des œuvres plus récentes d'Anton. Le poète est de l'avis que ces ballades se situent à un niveau trop subtil pour un public banalement cultivé, un public qui ne s'est pas frotté à la grande université de la nature. Il soutient cette thèse avec pour preuve les recensions des journalistes littéraires qui ont suivi la sortie de ses romans, des recensions qui mettent en avant son imagination débordante, son plaisir à conter et son art pour concocter des racontars, sans à aucun moment mentionner ni attribuer à ces œuvres le sérieux, la rigueur avec lesquels elles ont été rapportées. Maintes fois on a avancé que les publications d'Anton étaient exagérées, de la pure fiction, voire quelque peu tendancieuses, ce qui n'a pas manqué d'étonner le poète ainsi que ses nombreux amis sur la Côte, puisque c'est au contraire un fait patent que tout y est parfaitement objectif et véridique, quoiqu'un peu édulcoré, ce que n'importe qui ayant vécu un temps parmi les chasseurs de la Côte peut jurer sur sa part du paradis.

Et c'est bien pour éviter que ses trésors poétiques et épiques ne souffrent le même sinistre destin que sa prose qu'Anton s'est résigné à la réserver strictement, à ce jour, à la population du nord-est du Groenland.

Le grand Petit Pedersen

Si la valeur n'attend pas le nombre des années, le courage, lui, ne se mesure pas avec un double décimètre.

Pour Petit Pedersen, découvrir l'Arctique avait constitué une révélation. Après plusieurs années passées dans le nord-est du Groenland, la nature grandiose et la liberté de vie ouvraient encore en son for intérieur des espaces qui jusqu'alors étaient restés dans une obscurité inaccessible.

Pedersen n'était pas un grand bonhomme. En réalité, il était de loin le chasseur le plus petit que la Compagnie ait jamais engagé, et il est peu probable qu'on puisse trouver un jour quelqu'un d'encore plus petit. Il vivait sa petite taille comme un calvaire à l'époque où il avait débarqué, et parfois encore il lui arrivait de ressentir ce manque d'assurance qui s'était fait jour, il en était persuadé, à l'époque où sa croissance s'était subitement arrêtée.

En Siverts, il avait trouvé un bon compagnon. Pendant la saison, ils chassaient chacun dans son district, et se retrouvaient quelques jours par mois pour dépecer les renards et se vider de tous ces mots trop longtemps retenus, avant de repartir chacun de son côté pour relever les pièges. Ils passaient l'été ensemble à chasser le phoque et autres bestioles dans les fjords, et ils voyageaient toujours ensemble quand des festivités les appelaient dans l'une ou l'autre des petites cabanes de la Côte.

Ce compagnonnage durait depuis trois ans, et Pedersen commençait à s'en lasser un peu. Il lui arrivait de s'irriter contre Siverts qui avait bien évidemment ses petites manies, comme tout un chacun. Par exemple, Siverts adorait balancer des glaviots, de longs jets de salive. Il n'était pas spécialement doué pour cet art, mais cela ne l'empêchait pas de s'y adonner à longueur de journée. Hobby tout à fait acceptable s'il avait réservé sa salive à un usage extérieur, mais il préférait de beaucoup s'entraîner à la maison. Et cela rongeait Pedersen. Un jour où Siverts, ayant visé la caisse à charbon, avait touché les rondelles brûlantes de la cuisinière, Pedersen explosa :

— Sacré bon Dieu de bordel de merde, tu pourrais garder ta morve pour toi, espèce de porc !

Siverts le regarda, étonné. Et il contempla méditativement son glaviot grassouillet qui bouillonnait sur les rondelles. Il ne répondit rien, mais se leva quelques instants plus tard et se glissa dehors : il avait besoin de renouveler sa chique.

Mais ce qui irritait le plus Pedersen restait la taille de Siverts. Il était grand, de constitution massive, et avait des mains comme des enseignes de gantier. Tout chez Siverts était à peu près deux fois plus gros que chez Pedersen. Et quand il y pensait, ses complexes avaient tôt fait de refaire surface. Lui revenait en force le complexe d'infériorité qui le torturait avant son engagement dans la Compagnie de chasse, à l'époque où, modeste vendeur de lingerie fine et de sous-vêtements, il n'osait pas regarder les dames dans les yeux. Et même s'il avait prouvé qu'il était capable de se débrouiller comme n'importe qui d'autre dans le froid polaire, il se mit, au cours de cette troisième année, à se sentir encore plus petit qu'il n'était en réalité. Et un jour, ce fut la dépression, dépression que Bjørken diagnostiqua illico comme une crise de vertigo polaire de premier choix.

Pedersen, qui n'était pas idiot, avait bien conscience que quelque chose ne tournait pas rond. Et pour ne pas ruiner à tout jamais son amitié avec Siverts, il chargea un beau jour son traîneau, attela les chiens et hurla à Siverts qui se trouvait sur le toit de la cabane annexe, en train de se gratter le nez histoire de passer le temps :

— Je pars faire un tour.

Siverts hocha la tête. Si Petit Pedersen souhaitait faire un tour, il n'y voyait pas d'inconvénient, même si Pedersen embarquait à l'occasion deux de ses meilleurs chiens dans son attelage. Pensif, il contempla Pedersen qui se tenait debout sur l'arrière des patins, les mains au montant. Il suivit le traîneau des yeux quand celui-ci commença à glisser, descendant la pente vers la glace. C'est seulement quand le traîneau franchit en cahotant les congères, pour déboucher enfin sur le fjord, que Siverts se renversa, s'adossant au pignon de la maison, et ferma les yeux. Il faisait un temps béni. La chaleur de la toile goudronnée irradiait son derrière, et le soleil colorait ses joues pâlies par l'hiver. Ainsi va la vie quand elle vous sourit, pensa Siverts. Il avait déjà oublié jusqu'à l'existence de Pedersen.

Pedersen, lui, ne remarquait pas la chaleur. Il était assis sur son traîneau, le front bas, ne ressentant rien en dehors de sa propre insignifiance. Affaissé contre le montant, il laissait les chiens divaguer. La misère le gagnait. La seule chose qui l'accompagnait vraiment, c'était sa petitesse. Ses jambes atteignaient tout au plus la quatrième traverse du traîneau, et quand il tournait la tête, il n'était même pas assez grand pour regarder par-dessus le montant, non, il était obligé d'écarter le sac du traîneau pour regarder en arrière.

Il était là, sous le merveilleux soleil d'avril, mais seul un terrible sentiment de commisération envers lui-même l'habitait. Toute l'assurance qu'il s'était forgée au cours de ses années de chasseur s'était comme volatilisée, et c'est presque avec morbidité qu'il se frottait aux souvenirs anciens, lorsque, modeste employé dans une mercerie, il vendait soutiens-gorge, porte-jarretelles et autres fanfreluches. L'humiliation, le fait qu'on l'ignorait, la gentillesse ou les sourires indulgents, comme quand on tapote la tête d'un chien, toutes ces longues femmes minces, tous ces grands hommes forts... Lui, il était toujours le plus petit en tout, si petit que personne ne le remarquait.

Les chiens l'emmenaient dans le Fjord Large. Le vent sec du fjord lui mordait les joues. Il le sentait et se dit que, de toute façon, il n'y avait pas grand-chose à mordre. Il fixait les chiens et le fjord glacé qui s'ouvrait devant lui comme une large et solide piste d'envol. « Je n'ai qu'à continuer comme ça, bordel de merde, continuer tout droit, pensa-t-il, jusqu'à ce que je trouve quelque chose de mieux. Même si je dois y laisser ma peau. » Il fit claquer le fouet et les chiens se mirent au galop. Ils étaient en pleine forme, de bonne humeur et obéirent sans renâcler.

Pedersen contempla leurs queues frétillantes et secoua la tête, n'y comprenant plus rien. Voilà que ces satanés clébards couraient, manifestant leur joie d'être attelés, d'être obligés de tirer un lourd traîneau, et par-dessus le marché de sentir le fouet sur leur dos. Le chien était décidément une créature débile. Pourvu qu'il ait de quoi manger et la perspective de pouvoir un jour ou l'autre copuler avec une copine d'attelage, il était heureux. C'était si simple ! D'ailleurs, si lui-même était capable de trouver ça, il n'aurait aucun problème. Il avait à manger tous les jours. Oui, il était même capable de se procurer lui-même à manger, contrairement aux clébards qui étaient, eux, totalement à sa merci. Bien sûr, chapitre dames, c'était un rien plus compliqué. Peu de perspectives dans ce domaine, déjà qu'il n'y avait pas la moindre femelle dans les environs. Et en admettant même qu'il s'en présente une, contre toute probabilité, il n'oserait même pas la regarder dans les yeux. S'il avait été comme Siverts, cela aurait été plus facile. Parce qu'il n'y avait pas de doute à ce sujet, c'est plus facile pour un homme de baisser les yeux pour rencontrer le regard d'une femme que de tendre les yeux vers le haut dans l'espoir de capter le regard d'une femme. Et dans son cas, cela n'était concevable qu'en position allongée. En position allongée, il la regarderait d'égal à égal, ou d'un peu plus haut, ou bien, si jamais il avait quand même à lever le regard vers le haut, cela impliquerait une situation délicieusement piquante.

Pedersen poussa un profond soupir et remit le fouet dans son fourreau contre le montant. Il enleva son gant et examina sa main. Elle avait l'air tout à fait normale. Cinq doigts avec de jolis ongles aux bordures noirâtres, tout à fait comme une main doit se présenter. Elle était même devenue un peu plus large au cours des années, pas suffisamment cependant pour que tout un chacun puisse le remarquer. Quand il la bougeait, il voyait les muscles et les tendons d'une main puissante. Mais elle était si lamentablement petite qu'il en avait honte. Il fallait presque la regarder à la loupe pour qu'elle ait l'air de quelque chose. Il remit son gant et fixa le bout de ses kamiks, et là non plus, pas de quoi en faire un fromage. Parce qu'il avait les pieds si petits que ses kamiks, spécialement confectionnés pour lui au Cap Sud, avaient l'air d'appartenir à un morveux d'Eskimo qui venait tout juste d'apprendre à marcher. Donc, pour Pedersen lui-même, Pedersen n'avait rien d'intéressant, vraiment rien du tout. Voilà pourquoi il se roula sur le côté et se renferma en lui-même.

Les chiens continuaient leur course tranquille dans le Fjord Large. Ils avaient adopté un trot régulier, leurs queues s'étaient enroulées en l'élégante boucle habituelle, mais ils commençaient à baisser la tête et à sortir la langue. De temps à autre, ils lapaient une bouchée de neige rafraîchissante, puis poursuivaient, comme absorbés par leurs pensées. Au bout de quelques heures, il n'y avait toujours pas de nouvelles du boss, alors le meneur jeta un coup d'œil en arrière pour vérifier qu'il était toujours du voyage. Pedersen gisait comme un petit baluchon négligé tout contre le sac du traîneau et avait l'air des plus inertes. Le meneur, un vieux clébard rusé qui appartenait en réalité à Siverts, réfléchit rapidement. Si le boss était mort, il fallait le ramener. Et si le boss n'était pas mort, mais ne souhaitait plus jouer le boss, il fallait aussi le ramener. C'est pourquoi le meneur se mit à virer légèrement vers la droite, mine de rien, pour décrire un large demi-cercle, finissant par un cap direct vers la maison. En lui, il y avait peut-être aussi un brin d'envie de rentrer à la chaîne, à la bonne bouffe, et à un repos mérité à la Cabane du Vent.

Mais Pedersen ne dormait que d'un œil. Il ouvrait l'autre de temps en temps pour contempler avec attention la glace. Il ne pouvait pas s'empêcher d'admirer la tactique du meneur, et le laissa prendre la direction pendant un temps. Ils étaient presque arrivés à l'embouchure du Fjord Hurry qu'un remue-ménage se propagea parmi les chiens. Le meneur flaira, le museau en l'air, et se mit à glapir, inquiet. Les autres chiens ralentirent et dressèrent le museau pour saisir l'odeur que le meneur avait découverte. Quand cette odeur les frappa, ils se mirent à glapir, terrorisés. La chienne jeta des regards curieux autour d'elle, puis poussa un hurlement terrible.

Pedersen se redressa. Il regarda autour de lui, mais ne vit rien de particulier. De son fouet, il mena le traîneau dans le Fjord Hurry où il connaissait une cabane qui n'avait pas été utilisée depuis des années. La cabane en question avait été construite par Vieux-Niels, longtemps avant qu'il ne soit bouffé par Halvor. Valfred l'avait héritée, mais l'avait quittée à nouveau au bout de quelques années parce que la population de renards dans Hurry avait baissé.

Dès que Pedersen eut pris cette décision et se fut mis en branle, il oublia de penser à sa petite taille. Il hurla des mots d'encouragement aux chiens, et ils tournèrent leur tête, lui envoyant des regards reconnaissants parce qu'il avait à nouveau pris la direction des événements.

Le Fjord Hurry était très étroit. Une série de récifs s'étirait dans l'embouchure où la glace était entrecoupée par des courants. Mais Pedersen contourna d'une main sûre les endroits à risque et arriva à la cabane quelques heures plus tard.

Elle n'était pas grande. Il n'en restait pas grand-chose. Un ours était passé qui avait laissé d'indéniables traces. L'un des deux pignons avait été presque entièrement détruit et le toit était à moitié effondré sur le petit sas d'entrée.

Pedersen descendit du traîneau et marcha jusqu'à la cabane. Une fois entré, il vit que la cuisinière était intacte, que la couchette était utilisable et que le mur était décoré d'une photo de l'abattoir de Ringsted et d'un calendrier vieux de quatorze ans.

Pedersen débarrassa vite fait le sol des débris de verres et de bois. Il alla chercher du charbon dans la cabane annexe, alluma la cuisinière, déroula son sac de couchage en peau de bœuf musqué et posa la caisse de provisions par terre. Puis, il enchaîna les chiens, leur servit un repas de poisson séché et de suif. Il revint ensuite à la cabane et s'installa sur la chaise qui avait miraculeusement survécu au passage de l'ours. Il enleva ses kamiks et posa ses pieds habillés de chaussettes sur la rambarde en fer de la cuisinière. La marmite de viande se mit rapidement à bouillir, et, avec son couteau, il picora des morceaux dans l'eau bouillante. Tout en mangeant, il cogitait.

« Si tout le monde était comme moi, je ne serais pas si petit que ça. »

L'idée lui plut et il continua.

« Alors, je serais même tout à fait normal, je mangerais la même quantité de nourriture que tout le monde, et je regarderais les dames les yeux dans les yeux. Je serais heureux. »

Il regarda autour de lui.

« Ici, je suis seul, pensa-t-il encore. Et je peux donc décider de ma taille. En ce moment précis, je décide que je suis entouré de demi-portions, de Bochimans et autres Pygmées. Et je suis grand. Bien plus grand que Siverts, cet enfoiré. Tous les autres sont de petits merdeux, parce que personne n'est plus grand que moi. Je peux rester ici dans la cabane de Valfred et m'entourer de mes semblables, même que je peux avoir un peu pitié d'eux vu qu'ils sont tellement minus. »

Il pêcha un autre morceau de viande et y planta les dents.

Et tout en mâchant, il pensait à tous ses amis normalement constitués. Parce qu'ils étaient tous ses amis. Tous les humains se devaient d'être des amis. Ici, dans la cabane de Valfred, on ne tenait pas compte du fait qu'untel était un peu plus grand qu'un autre, ou que quelqu'un était plus intelligent, plus beau, plus gros ou plus flegmatique que n'importe qui d'autre. Ce qui comptait ici, ce n'était pas un long nez aquilin, ni la taille d'une main ou d'un pied, il ne s'agissait pas d'avoir un véritable paillasson sur la poitrine ou au contraire d'avoir hérité d'un thorax creux tout juste relevé au niveau de deux mamelons rosâtres. Il n'était pas non plus question de muscles dilatés, ou de chevelure épaisse au lieu de quelques cheveux couleur pâté de foie, et clairsemés. Ici, il s'agissait d'êtres humains, de gens parfaitement ordinaires. Ici, dans la cabane de Valfred, dont il manquait un pignon, on ne s'intéressait qu'aux êtres humains, liés par l'égalité et l'amitié.

Pedersen se sentit de mieux en mieux au fil de ses pensées. Mais quand il ouvrit les yeux et vit ses petits pieds, et surtout le tout petit orteil rose qui sortait par un gros trou de sa chaussette, il replongea dans son cafard. Parce qu'il n'y avait personne d'autre ici. Et lui n'était qu'une petite merde qu'aucun homme ne pouvait respecter, et a fortiori aucune femme aimer.

Si Pedersen avait été bouddhiste, la situation aurait été assez différente. Dans ce cas, il aurait pu vivre cette vie-ci dans toute sa petitesse, tout en se réjouissant à l'idée que dans sa vie prochaine il serait peut-être un crocodile de trois mètres de long ou bien un Massaï de deux mètres dix de haut. S'il avait simplement été musulman comme Olav ibn Abdullah Frederiksen, sa situation aurait été bien plus favorable. Il aurait dans ce cas pu se soumettre à l'idée que sa taille relevait de la volonté d'Allah, et qu'il n'y avait qu'à s'y faire. Allah aurait décidé qu'il ne dépasserait pas le mètre cinquante, et il aurait donc eu une sorte de devoir sacré d'exploiter au mieux chacun des centimètres mis à sa disposition.

Mais Pedersen n'était ni bouddhiste ni musulman. Il était à grand-peine chrétien, bien que baptisé et confirmé. Comme la plupart des gens, il était plutôt assez indifférent, bien qu'il ait été élevé dans la croyance chrétienne et qu'il ait accepté de se faire confirmer pour avoir droit à une montre à gousset et à un fume-cigarette en ambre. La religion n'avait décidément rien à apporter à Pedersen.

Il en perdit l'appétit et s'allongea, résigné, sur sa couchette. Le soleil brillait à travers le pignon défoncé et lui brûlait les yeux. Il se leva avec un soupir, plongea le doigt dans l'eau de cuisson, souleva la marmite, essuya la suie au fond du fourneau avec son doigt et s'en crépit les paupières et le contour des yeux. Quand il se recoucha, il était bien protégé contre la lumière, mais il avait une tête de mort.

La nuit n'eut pas le temps de se transformer en jour que les aboiements des chiens le réveillèrent. Il se redressa, un peu vaseux parce qu'il venait de faire un rêve merveilleux, un rêve dans lequel il était plus grand que Fjordur qui était pourtant l'homme le plus grand qu'il ait jamais connu, et où il avait filé une telle raclée à Siverts que celui-ci avait renoncé à jamais à ses glaviots. Quand Pedersen sortit de sa couchette, le rêve l'habitait encore. Il était Grand Pedersen qui sortit pour voir d'où provenait ce vacarme. Et il découvrit que c'était simplement trois loups en train de dévorer le meneur des chiens, celui qui appartenait à Siverts. Les loups l'avaient attaqué à la chaîne et avaient presque terminé de le bouffer.

Grand Pedersen poussa un grognement phénoménal. Il se saisit de son fouet et courut vers les assassins.

— Putain de bordel de merde, hurla-t-il, ces sales cons sont en train de bouffer le chien de Siverts !

Il fit violemment claquer son fouet sur un des loups, lui sectionnant une oreille. Le loup couina de douleur et se retourna avec un grognement vers le petit homme. Mais il se trouvait que Pedersen n'était pas le moins du monde petit. Il avança vers la bestiole qui avait retroussé ses babines ensanglantées et couché les oreilles à plat contre sa tête. Une nouvelle fois le fouet claqua. Cette fois-ci il fit un œil au beurre noir au loup qui ne devait pas l'oublier de si tôt. Le loup bondit, mais le fouet de Pedersen le tint à distance. Les deux autres loups, qui en avaient profité pour avaler encore quelques morceaux du chien, se mêlaient maintenant à la bataille, passant derrière Pedersen dans l'intention de s'attaquer à ses jarrets. Mais Pedersen faisait trois mètres de haut. Il était invincible.

Il se retourna vivement, déchira le museau d'un des loups, et quand l'autre attaqua, Pedersen frappa de toutes ses forces du manche de son fouet sur la tête du loup qui, dans un doux soupir, s'allongea dans la neige, faisant remarquablement le mort.

Le premier loup était en train de ramper sur la glace vers lui. La queue raidie en arrière, immobilisée par la concentration. Quand le loup bondit, ce fut comme un tendeur en acier qui se déclenchait. Pedersen avait anticipé le saut. Et le loup ne planta pas ses dents dans la gorge de Pedersen, mais autour du manche du fouet. Pedersen l'attrapa par la fourrure de la nuque, frappa de son poing sur le côté de la tête comme il avait appris à le faire pour les lièvres. Le loup se mit à loucher sévèrement et se ramollit de manière indéniable. Et avant qu'il ne soit remis de son malaise passager, Pedersen l'avait traîné jusqu'à la chaîne pour lui passer le collier du chien de Siverts. Pendant ce temps-là, le loup évanoui avait entretenu ses doux fantasmes de délicieuse viande humaine.

Pedersen revint sur ses pas et contempla le loup dont il avait fendu le museau. Il saignait un peu, mais gardait, hormis ce détail, un aspect intact.

— Viens là, espèce de voyou, murmura-t-il, hors de lui. Tu crois quand même pas que tu vas échapper aux sanctions. On ne bouffe pas impunément le meilleur chien de Siverts.

Chaque fois qu'il parvenait à s'approcher un peu du loup, celui-ci s'éloignait de la même distance. Pedersen le poursuivit sur la colline derrière la maison. Il bouillonnait de rage et de fureur quand il revint, sans le fugitif.

Lorsqu'il se recoucha pour reprendre son sommeil interrompu, il entendit à nouveau de tels hurlements dehors qu'il enfonça ses doigts dans ses oreilles pour avoir la paix.

Le lendemain matin, il se réveilla frais et dispos. Il était à nouveau le Petit Pedersen, mais n'en souffrait pas outre mesure. Quand il regarda par le trou du mur de la cabane, il vit les chiens, poils hérissés, et les deux loups renroulés, leur museau sous la queue pour ne pas respirer trop d'air froid. Il découvrit également que le troisième loup s'était couché à côté de celui qui l'avait attaqué en premier.

« Ça doit être un couple, pensa-t-il. Et un couple de loups, ça ne se sépare pas, ça vit le grand amour jusqu'à la fin de ses jours. »

Pedersen passa presque une semaine à apprendre à connaître ses nouveaux animaux d'attelage. Ils lui grognaient après et essayaient de le mordre, mais cela lui était égal. Il les nourrissait bien, leur parlait beaucoup, et avant de les atteler, il les cognait sur la tête avec une planche, histoire de leur conférer quelque sérénité. Les loups déchiraient les sangles à coups de dents, et Pedersen les réparait patiemment pendant la nuit, en les imbibant de pétrole dont le goût est infâme, même pour un loup. Pedersen avait la vie devant lui et une patience infinie. Il ne pouvait pas rentrer auprès de Siverts sans dédommagement pour le chien perdu.

Le loup qui n'était pas attaché fuyait quand Pedersen arrivait, mais la nuit, il s'en prenait aux chiens. Il tua un vieux chien fidèle que Pedersen aimait beaucoup, vu qu'il penchait toujours la tête de côté quand Pedersen lui parlait, et qu'il avait toujours l'air de comprendre chaque mot. En guise de punition, Pedersen tira sur le loup une cartouche garnie de gros sel. Le sel truffa l'arrière-train du loup qui détala comme une fusée en hurlant. Il ne se manifesta pas pendant deux jours. Mais ensuite, sa moitié lui manquant trop, il fut à nouveau, un matin, couché à côté du grand loup blanc, et ne bougea pas quand Pedersen vint les nourrir.

— Voyez-moi ça, dit Pedersen, satisfait. Tu veux peut-être intégrer l'équipe, ma jolie.

Il lui balança un morceau de viande de phoque qui disparut dans un glapissement.

— Et tu as faim, on dirait, pauvre de toi.

Pedersen rit. Il était d'excellente humeur.

— Mais ici, on ne manque de rien. Mangez, cher ami, il y en a encore plein.

Pedersen partit à la chasse. Les phoques prenaient des bains de soleil sur la glace et étaient faciles à occire pour un chasseur expérimenté. Pedersen chassait bien et distribuait presque tout aux chiens et aux loups.

Le jour arriva enfin où le grand loup blanc remua la queue, quelques timides coups, quand il vit Pedersen arriver.

« Ça y est, c'est le début de l'amitié, pensa celui-ci, ému. Dieu me préserve si je ne l'ai pas vu remuer la queue comme les autres andouilles. » Il traîna un phoque jusqu'à la chaîne et entreprit de le dépecer. Les chiens hurlaient hystériquement en sautant dans la chaîne pour attirer l'attention. Les loups restaient immobiles, fixant la viande de leurs yeux jaunes et obliques. Le loup blanc fut servi en premier. De son museau, il poussa la viande vers la femelle non attachée qui l'attrapa d'un mouvement bref et l'emporta un peu plus loin. Puis Pedersen jeta un morceau au jeune loup dont le museau avait presque retrouvé une allure normale. Il avala la viande en quelques déglutitions et se mit à hurler pour en avoir encore. Ensuite Pedersen nourrit les chiens et il finit par le diable blanc. Il prit un morceau de *qujek*, c'est-à-dire le quartier arrière du phoque, dans sa main et l'avança. Le loup ne bougea pas, mais ses narines s'ouvraient et se refermaient. Puis, il se leva et rampa sur la glace en direction de Pedersen. Celui-ci s'était accroupi, la main avec la viande présentée devant lui. Quand le loup brusquement bondit sur lui, il retira la viande aussi brusquement.

— Alors, là, non ! Tu prends gentiment, espèce de voyou. Pas question de me l'arracher. Qu'est-ce que c'est que ces manières !

Il avança à nouveau la viande, et le loup le fixa de son regard impénétrable.

— Oui, vas-y, regarde-moi tant que tu veux, espèce de morpion. Mais t'auras la viande que quand tu seras décidé à la prendre de façon civilisée.

À nouveau le loup rampa vers lui. Il fut bientôt si près de Pedersen qu'il aurait pu lui arracher la moitié du bras. Mais Pedersen ne trembla pas le moins du monde. La viande était toujours là, et le loup pouvait la prendre de façon paisible. À quelques centimètres du *qujek*, le loup ouvrit la gueule. Pedersen fixa les longues dents blanches, mais sa main ne trembla pas. Pour faire preuve de sa bonne volonté, il avança la viande de quelques centimètres, ce que le loup ne manqua pas de remarquer. Il ferma la gueule autour du morceau et se retira lentement et prudemment, loin de la main de Pedersen.

— Voilà comment se comporte un loup intelligent et bien élevé, le félicita Pedersen.

Et dans son enthousiasme, il avança et se mit, sans réfléchir, à gratter le loup derrière l'oreille. Le loup s'arrêta de manger. Il se figea, et un profond grognement remonta de son ventre.

— Bon, d'accord, d'accord, dit Pedersen d'une voix basse et douce. Faudra que tu t'y habitues, parce que j'aime bien gratter mes clébards derrière les oreilles. Ça me donne un délicieux sentiment de proximité, si tu comprends c'que je veux dire.

Le loup n'attaqua pas. Mais il continua à grogner et ne se détendit pas avant que Pedersen se soit retiré quelque peu.

Pedersen passa la soirée les pieds sur la rampe en fer de la cuisinière, bien à son aise. Sa petite taille ne troubla pas son esprit un seul instant. Ça lui était totalement égal de savoir s'il était petit ou grand, gros ou maigre, laid ou beau. Il s'était procuré trois loups, ce qui était hors du commun, et ça allait être un sujet de conversation et un motif de respect sur toute la Côte.

« En fait, je me fous de c'qu'ils pensent. Je résiste à pratiquement tout, ils doivent avoir enfin compris ça, ces andouilles. Ils croient que je suis un gringalet dont ils peuvent rire en douce, et me chiner en prétendant qu'il me faut une échelle double pour cueillir des fraises. Je suis ce que je suis, et c'est déjà pas rien, ça, putain de bordel ! Quand je rentrerai avec ces trois satanés loups à l'attelage, c'en sera fini des glaviots et autres insanités à l'intérieur de la maison. Siverts n'est qu'un enfoiré que je vais vite fait bien fait mettre au pli. Il est sociable et relativement facile à vivre, si l'on passe sur quelques mauvaises habitudes dont il ne se rend même pas compte lui-même. Bjørken est un empaffé de hâbleur qu'il faut ramener de temps à autre aux réalités, et Valfred n'est qu'un goujat imbibé d'alcool et endormi qui ne lève plus le moindre petit doigt depuis qu'il est arrivé ici. Quant à Herbert et Anton, ce sont des merdeux prétentieux qui ne connaissent rien à la vie. Qui parmi tous ceux-là est capable de capturer et de dresser trois loups vivants, je vous le demande ? »

Ainsi Pedersen restait le soir près de la cuisinière à méditer sur lui-même et ses amis.

Quand Pedersen eut passé trois semaines en escapade, il attela chiens et loups et rentra à la maison. La louve courait dans le tracé du traîneau. De temps en temps, elle s'approchait jusqu'à courir à côté du traîneau, et Pedersen lui jetait alors un petit morceau de lard ou un biscuit. La louve avait des yeux sympas, vivants et intelligents, trouvait Pedersen. Et elle avait aussi commencé à remuer la queue quand elle le voyait.

Siverts était en train de gratter la yole quand Pedersen monta de la plage. Il mena le traîneau jusque devant la maison où il stoppa les bêtes. Puis, il déroula la chaîne et les attacha.

Siverts revenait de la plage. Il était tout sourire tant il était content du retour de Pedersen.

— Ben dis donc, t'as fait une sacrée balade, Pedersen, commença-t-il.

Il voulut donner un coup de main pour les chiens, et Pedersen ne le découragea pas. Tout à coup, Siverts ouvrit grand les yeux et bégaya :

— Mais Pedersen... Qu'est-ce que c'est que ces bestioles ?

— Des loups, répondit Pedersen, l'air de rien.

En avançant vers la maison, Siverts contemplait la petite silhouette bien droite de Pedersen.

— Ça doit te paraître idiot, Pedersen, mais j'ai l'impression que t'as grandi.

Pedersen ne répondit pas. Ils rentrèrent et Siverts mit à bouillir du café. Il vit que Pedersen était fatigué et il alla donc sortir une bouteille de Mort noire qui lui restait encore depuis l'époque de Fjordur. Les deux compagnons jouirent de l'amitié retrouvée. Pedersen cligna des yeux, et quand Siverts le questionna, il raconta l'histoire des loups.

— Ça alors, bon Dieu de merde ! s'exclama Siverts, impressionné. Capturer trois bestioles de cet acabit pour les dresser en loups à traîneau. J'ai jamais entendu causer de ce genre d'histoire avant. T'es un mec exceptionnel, Pedersen. Je dois dire que je n'aurai jamais un compagnon plus sûr et plus fiable que toi. En plus, tu donnes une excellente réputation à la Cabane du Vent, une réputation qui va bientôt faire le tour de toute la Côte et au-delà.

Il se leva et servit un café à son petit compagnon. Une fois rassis, il se racla bruyamment la gorge, d'émotion tout simplement, et envoya un jet impressionnant de salive noirâtre par-dessus la table, droit dans la caisse à charbon.

Pedersen le regarda avec un doux sourire.

— Je sais pas comment tu fais, Siverts. Mais personne au monde ne sait balancer des glaviots comme toi, j'ai l'impression.

Siverts regarda son compagnon et secoua la tête, d'un air modeste.

— Tu le ferais sûrement mieux, Pedersen. Je crois que t'es capable de faire tout ce que tu veux, à partir du moment où tu le décides. Dresser trois loups, personne ne l'a jamais fait avant toi. Remarquable, Pedersen.

— Fjordur a bien obligé un loup à intégrer ses chiens de traîneau parce qu'il lui avait mangé son jambon de Noël, objecta Pedersen avec humilité.

— Ah oui, Fjordur, siffla Siverts. Ce grand primitif, mais c'est autre chose. Fjordur est islandais et on peut pas comparer. Ce qu'il a fait, ça compte pour du beurre.

Pedersen hocha la tête et la détourna pour que Siverts ne voie pas son sourire. Et il se sentait au moins trois fois plus grand que l'immense Islandais qui n'avait réussi à dresser qu'un seul loup.

L'imprévu

... où Lasselille se voit offrir une promotion pour le moins inattendue, où un petit péteux d'étudiant se voit offrir, lui, sa thèse de doctorat sur un plateau, et où, pour la première fois, on voit un Bjørken sérieusement ébranlé.

Mai est en Arctique un mois merveilleux, regorgeant de vitalité. Les femelles de bruants des neiges arrivent par myriades et sont accueillies avec enthousiasme par les mâles qui promènent leur sang chaud sur leurs pattes froides depuis le mois d'avril. Ça pépie, ça courtise et ça se court après. Et c'est seulement quand les femelles sentent que les choses sont bien engagées qu'elles commencent à faire leur nid, sous les regards et les chants fébrilement impatients des mâles.

Les alouettes annoncent le printemps par leur vol vertigineux et leurs stridulations de clochettes. Et l'air bruit, et sifflent les guillemots, les oies et les rois de mer.

Les rivières gonflent dans un bruit de tonnerre, et les maigres truites des rivières entreprennent leur voyage vers l'océan où elles se jettent, avec un appétit féroce, sur les grands bancs de capelans. Ces petits poissons remontent des mers profondes et approchent des côtes et des embouchures des fjords libérés par les glaces, où ça grouille de petits crustacés. Les mâles se pavanent, arborant leurs habits du dimanche aux deux larges bandes d'écaille sur les flancs, tandis que les femelles, plus nombreuses, sont très occupées à pondre leurs œufs qui se collent aux algues.

Les grands bancs de capelans attirent les phoques et les truites vers les côtes, et quand les mâles répandent leur semence sur les œufs, et que l'eau se colore d'un blanc laiteux, maints poissons et oiseaux se laissent tenter et se mettent en chasse.

En mai, les plantes sont toujours en hibernation, elles attendent que les températures moyennes passent au-dessus de zéro. Certaines plantes commencent cependant à pousser timidement sous la neige, afin d'être prêtes à profiter au maximum du bref été. Quelques saxifrages pourpres ont déjà percé la croûte glacée et pointent leur petite tête ronde vers le soleil chaleureux.

Un jour de mai, alors que Lasselille était parti pour ramener les pièges à la station, il eut la chance exceptionnelle de descendre le plus gros ours de l'année au fond du Détroit de Véga. Ce que l'ours faisait à cet endroit-là serait difficile à expliquer. Le Détroit de Véga a de tout temps été connu pour ses énormes congères qui mènent la vie dure aux hommes et aux animaux. À cette époque-là, tout ours raisonnable aurait dû se trouver loin sur la banquise, là où les phoques prennent des bains de soleil avec leurs nouveau-nés.

L'exécution de l'énorme ours mâle se fit sans le moindre effet de manches. Lasselille, qui somnolait sur le traîneau, fut réveillé par les glapissements des chiens, et quand il ouvrit les yeux, il constata que les chiens suivaient, au galop, des traces aussi grandes que des couvercles de boîtes familiales de margarine. Lasselille se mit à genoux, fixant l'étendue blanche, et vit au loin une silhouette en train de s'approcher de la terre ferme.

L'ours avait bien sûr entendu les chiens, mais n'y prêtait pas attention. Il avançait tranquillement, remuant son gros derrière, et balançait la tête d'un côté à l'autre en flairant. C'est seulement quand les chiens se mirent à hurler avec un zèle renouvelé que l'ours s'arrêta et s'assit sur ses larges fesses pour évaluer la situation.

Est-ce qu'il valait mieux rester et transformer ces cabots en chair à saucisse, ou poursuivre sa route en les ignorant ? Avant d'avoir réussi à prendre une décision définitive, il perçut l'odeur de Lasselille. Voilà qui fit de l'effet sur sa grosse truffe noire ! Cette infection était comme une provocation dans l'air pur et clair, et l'ours décida sur-le-champ de mettre fin à cette pollution.

Lasselille n'eut même pas besoin de lâcher ses chiens pour traquer la bestiole, celle-ci était déjà parée au combat quand Lasselille arriva. Il arrêta le traîneau à une cinquantaine de mètres de l'ours, enfonça dans leurs colliers les pattes avant de deux chiots d'un an, un peu trop téméraires, et s'installa derrière le traîneau, le fusil sur le montant. L'ours se releva de toute sa hauteur, et Lasselille écarquilla les yeux. Il n'avait jamais vu d'ours aussi gigantesque. Valait sûrement mieux le tuer d'une balle dans la tête, où était censé se trouver le cerveau, vu qu'une carcasse aussi impressionnante était foutue de continuer à charger même transformée en passoire, tant que le cerveau fonctionnait encore. Un instant, l'idée effleura Lasselille que même un pruneau à tête en acier pouvait transpercer le monstre sans l'endommager de façon notable, mais il préféra ne pas pousser cette hypothèse à son terme. L'ours émergea du paysage glacé, gros comme une maison, et quand il se mit à grogner, les chiens rabattirent leurs oreilles en arrière et le fixèrent, soudain moins vaillants. L'ours se recroquevilla, et banda ses muscles pour les quelques bonds nécessaires à l'éradication de Lasselille et de son infâme puanteur. Au moment même où il se lançait dans un premier bond, Lasselille tira. La balle se logea en pleine tête et l'ours rendit son dernier soupir pour ainsi dire entre ciel et terre. Dans un bruit sourd il retomba sur la glace, raide mort.

Ça y est, je l'ai eu ! pensa Lasselille. Aussitôt lui revint en mémoire un dicton dont Bjørken faisait grand usage : « Impossible n'est pas danois. » Plein de gratitude envers son maître, il pensa l'utiliser, mais se souvint alors que pour sa part ça ne convenait pas, vu qu'il était plutôt suédois.

Lasselille rapporta l'immense peau d'ours jusqu'à Bjørkenborg où on la débarrassa de sa graisse et de ses tendons avant de la suspendre au mur du pignon de la station. Elle était tellement grande qu'il fallut clouer quelques planches de bois supplémentaires pour arriver à l'étirer comme il fallait.

Bjørken n'était qu'éloge et gentillesse.

— Un tel ours, mon garçon, on n'en a qu'une fois dans sa vie. Et malgré l'époque tardive, il a encore toute sa fourrure d'hiver, propre, lisse et sans graisse, ronronna-t-il. Cette peau rapportera à la station au moins mille couronnes. Je te parie qu'elle atterrira dans un bordel d'Amérique du Sud pour le plus grand plaisir de moult gens, qu'ils soient blancs ou noirs.

— Tu crois vraiment, Bjørk ?

Lasselille contempla son ours dans toute sa splendeur. Il ferma les yeux un instant et s'imagina une jeune femme noire, belle et nue, allongée sur sa peau d'ours.

— Ça alors, la chance qu'elle a, ma peau d'ours, soupira-t-il.

Et il ferma à nouveau les yeux, histoire de poursuivre l'inspection détaillée de la jeune fille en question.

Avec cette histoire d'ours, une assurance nouvelle s'empara de Lasselille, fait qui n'échappa à aucun de ses amis. Il commença à se pavaner, à donner des ordres et à émettre des avis péremptoires sur toutes sortes de sujets. En un mot, Lasselille prit du volume. Il était devenu un homme d'expérience, un homme avec lequel il fallait désormais compter. Et avant même la fin du mois de mai, son changement d'envergure devait se trouver confirmé.

L'étudiant Emmanuel Karlsen avait choisi pour sujet de thèse : *Les anciennes populations inuites du nord-est du Groenland.* À titre d'encouragement et de soutien, il avait reçu une bourse de l'université, ce qui lui donna l'occasion d'étudier *in situ* les vestiges de ces peuplements. C'est ainsi que le chef de station de Bjørkenborg reçut via le sans-fil de Cap Rumpel le message suivant :

L'université de Copenhague envoie l'étudiant Emmanuel Karlsen afin d'étudier populations inuites disparues. Bjørkenborg recevra l'étudiant et créera poste scientifique avec assistant de terrain.

Le directeur.

Bjørken resta longuement à contempler le formulaire du télégramme distribué par Doc. Il n'avait pas l'air content. Les souvenirs d'autres scientifiques qui avaient empesté la vie à Bjørkenborg pendant des périodes plus ou moins longues lui revinrent en mémoire, et il mit longtemps avant de dire enfin :

— Voyons voir. L'étudiant en question doit être assez jeune, sinon il serait déjà plus qu'étudiant. Imaginons qu'il s'agisse d'un jeunot d'une vingtaine d'années : dans ce cas, nous avons encore une petite chance de le mettre au pli et de le contrôler. Le message ne se discute pas. Il faut trouver une cabane où il puisse vivre, et il faut qu'il soit accompagné de Lasselille qui est le mieux placé en matière d'anciens Inuits.

Il regarda vers Lasselille, hochant la tête lentement.

— Oui, c'est comme ça. Lasselille, je te nomme dès à présent chef du centre scientifique de la Cabane du Rhum, avec tout ce que cela implique de pouvoir et d'honneur, de corvées et d'emmerdes.

Lasselille en rougit de fierté.

— Oui, mais, Bjørk, est-ce que j'en suis capable, même si je suis maintenant devenu une sorte de vrai adulte ?

— Bien sûr, tu feras un excellent chef de station. C'est bien moi qui t'ai tout appris. Qu'en pensent les autres ?

Doc sourit en approuvant.

— Aucun doute, dit-il, Lasselille est maintenant prêt à voler de ses propres ailes. Il suffit de regarder le nounours sur le mur dehors pour constater que nous avons ici affaire à un vrai chasseur polaire.

Museau ne dit rien. Sa conviction intime était que si on n'avait rien d'agréable à dire, il valait mieux la fermer.

— Bon, mon cher ami, dit Bjørken, il ne te reste plus qu'à commencer à griffonner. Il te faut établir des listes de provisions, commander du charbon, du pétrole, de la poudre et des balles, et tout ce dont ce genre de centre scientifique peut avoir besoin. Et il faut le faire avant que Doc ne reparte de façon que Mortensen puisse le communiquer d'urgence au Directeur.

Lasselille travailla d'arrache-pied sur ses listes, discrètement aidé par Museau, et quand Doc quitta Bjørkenborg, il emportait quatre pages couvertes d'une écriture serrée dans la sacoche de son vélo.

Le fjord où était située la station de Bjørkenborg se trouva cette année-là libéré de toute glace dès la fin juin. Et le jour même où la dernière glace d'hiver était emportée vers la haute mer par les courants, les habitants de Bjørkenborg mirent à l'eau le bateau à moteur et partirent en direction de la Cabane du Rhum. Pendant la majeure partie du trajet, Museau veilla auprès du moteur, tripotant et bricolant, de façon à maintenir en vie cette vieille machinerie agonisante, tandis que Bjørken, le gouvernail bien calé sous le bras, transmettait par le menu à Lasselille son expérience de chef de station.

— Il faut que tu comprennes, mon garçon, qu'avec ces nouvelles fonctions, les charges elles aussi augmentent proportionnellement. Tu te retrouves d'un coup avec une certaine responsabilité sur le dos.

Lasselille hocha la tête d'un air entendu, alors que le mot « proportionnellement » ne lui était pas particulièrement familier. Mais un chef de station ne pouvait pas se permettre de gaffer en demandant la signification des mots.

— Tes tâches, continua Bjørken décidément en pleine forme, seront plus importantes que celles de n'importe quel autre chef de station sur la Côte. Tu dirigeras un centre scientifique, mon ami, et en tant que tel, tu te retrouves responsable de la collecte de matière scientifique tout au long de l'année. En même temps, tu es responsable aussi de la bonne santé de l'équipe, de l'entretien de la station, des provisions et des bonnes mœurs. Tout cela repose maintenant sur tes jeunes épaules.

Lasselille le regarda, inquiet.

— Ça fait un peu beaucoup, Bjørk, j'espère que c'est tout ?

— Loin de là, répondit Bjørken sur un ton qui se voulait encourageant. Parce qu'à cela il faut ajouter tous les imprévus, tout ce que ton subconscient doit capter et commencer à traiter avant même que ça se produise. L'imprévu, c'est le plus dur, parce que ça exige de l'intuition, ce qui, dans ton cas, fait partie des éléments manquants, hélas.

— Comment ça, Bjørk, pourquoi est-ce qu'il me manque c'que tu viens de dire, c'était quoi encore ?

— Intuition est la même chose qu'instinct, répondit Bjørken. Et tu ne peux hélas pas te vanter d'en posséder beaucoup. Mais tu peux peut-être t'entraîner en t'habituant à être toujours un pas plus loin, à anticiper, quoi.

Ce conseil était un tantinet inaccessible pour Lasselille, et il cogita longtemps pour essayer d'y trouver un sens, le front creusé de profonds sillons. Son ancien chef de station avait saisi ses difficultés et s'empressa de lui dire :

— Je vais te donner un exemple, Lasselille, si ça peut t'aider à comprendre.

Le tout nouveau chef de station lui sourit avec gratitude, et Bjørken se cala bien à l'aise, son dos voûté calé contre les planches du bateau.

— Quand j'utilise des mots comme intuition ou instinct, je pourrais aussi bien parler de sixième sens ou de réaction subconsciente. N'attache pas trop d'importance à mon vocabulaire qui, bien évidemment, relève d'un certain niveau intellectuel, compte tenu de mes nombreuses années de recherches. Prenons plutôt un exemple au ras des pâquerettes.

Il sourit gentiment à Lasselille et montra du doigt Museau qui se trouvait à ce moment-là à genoux, les deux bras plongés dans le moteur.

— Ce que Museau fabrique en ce moment précis n'a rien de réfléchi. Il s'occupe du fonctionnement du moteur, ou plutôt de l'interruption de son fonctionnement, sans faire intervenir sa pensée. Ses doigts vissent et dévissent, et en même temps son coude règle l'avance à l'allumage sans même qu'il s'en rende compte. Il devine l'imprévu et réagit de façon instinctive, tu piges ?

Lasselille secoua la tête, et le maître continua, satisfait :

— Bien. Prenons un autre exemple. Quand par une sombre nuit d'hiver tu te promènes en traîneau, disons, dans le Fjord Kaiser Franz Joseph, et que tout d'un coup un ours déboule d'une congère pour atterrir au beau milieu de ton traîneau, qu'est-ce que tu fais ?

Cette fois-ci Lasselille n'eut pas besoin de réfléchir longtemps :

— Eh ben, Bjørk, je sais ce que je fais : je me déplace.

— Exactement, mon ami. Tu te déplaces sans même avoir eu le temps de te dire que tu dois te déplacer. Parce que si tu devais passer par la pensée avant de réaliser ton déplacement, tu te retrouverais plus plat qu'une limande avant même d'être arrivé au bout de ta réflexion. Tu es plus rapide que ta pensée. Quelque chose fait que tu te jettes sur le côté pendant que l'ours est encore en l'air au-dessus de toi. Et ce quelque chose, c'est c'que j'appelle l'instinct. Cet instinct te fait agir, rapide comme l'éclair, devant l'imprévu. Tu comprends ?

— Oui, eh, je crois deviner un peu où tu veux en venir. Mais tu disais tout à l'heure que je suis dépourvu de ce truc, l'instinct. Alors, comment je fais pour échapper à l'ours ?

Bjørken hocha la tête, enchanté.

— Je vois que tu réfléchis et que tu te souviens de ce qu'on te dit, mon jeune ami. Et je dois admettre que je suis allé un peu trop loin en disant que tu étais totalement dépourvu d'intuition. Il faut naturellement t'accorder un minimum de prévoyance intuitive, et tu possèdes peut-être malgré tout un sixième sens relativement développé, ce qui n'est pas rare même chez les primates.

— Alors, je pourrai peut-être quand même devenir un chef de station acceptable, Bjørk ?

— C'est pas impossible.

Le regard de Bjørken se perdit au-dessus de la tête de Lasselille.

— Il est même possible que tu deviennes un chef de station hors du commun, Lasselille.

La Cabane du Rhum n'avait rien de spectaculaire, mais elle était bien située. Une boîte carrée avec couvercle et cheminée, et deux cabanes annexes basses, le tout situé sur un cap qui avançait dans le Fjord des Bœufs Musqués. Il y avait une belle vue sur la Plaine de l'Ouest et jusqu'aux flancs est des montagnes de Loch Fyne. La cabane était vide depuis des années, et plusieurs ours étaient passés par là, raison pour laquelle une partie du toit manquait sur l'arrière. Mais ceux de Bjørkenborg avaient apporté clous, planches et vitres, et au cours du mois de juin la maison redevint habitable.

C'est un chef de station radieux qui salua ses vieux compagnons, quand Museau et Bjørken, début juillet, partirent pour Cap Thompson afin de réceptionner les provisions de l'année à venir, ainsi que le jeune scientifique.

Lasselille passa les premiers jours à planifier. Cela exigeait une forte activité cérébrale qui le fatiguait beaucoup. C'est pourquoi Lasselille passait une grande partie de son temps allongé sur le toit pentu d'une des cabanes annexes, à se dorer au soleil. Les pensées grouillaient dans sa tête comme un essaim d'abeilles survoltées, et elles étaient beaucoup trop nombreuses pour qu'il arrive à en saisir une dans le but de la développer. Puis un jour il se produisit quelque chose d'imprévu. Il se leva, prit une bêche et partit sur la Plaine de l'Ouest aussi loin qu'il put. Et sans que ses pensées puissent lui expliquer pourquoi, il se mit à découper des mottes d'herbe qu'il sortait du sol. De petits carrés de tourbe qu'il empila méticuleusement à une cinquantaine de mètres de la plage. Il travailla jusqu'à ce que la sueur imbibe son maillot de corps en laine d'une grosse tache noirâtre. Il gémit et trima avec les briques de tourbe et des grosses pierres jusqu'au moment où il se rendit compte qu'il était en train de construire une maison. Pas une maison somptueuse, non, mais une de ces maisons en tourbe dans lesquelles il avait vécu à l'époque où il s'était lié à une famille d'Inuits d'autrefois. Il alla sur la plage et trouva du bois flotté en provenance de Sibérie sur les flancs ouest de Hudson Land, bois dont il se servit pour la charpente. Morceau après morceau, il ramenait le bois depuis la plage, à travers la plaine caillouteuse. Fin juillet, il avait fini, et c'est un Lasselille épuisé et assez désappointé qui rentra, en titubant, à la Cabane du Rhum, parce qu'il n'avait pas la moindre idée de la raison pour laquelle il avait construit cette maison en tourbe.

Au crédit d'Emmanuel Karlsen il faut porter une indéniable curiosité, ainsi qu'une excellente forme physique. Il faut de plus mentionner qu'il était un tireur à l'arc béni des dieux, et un virtuose en matière de distillation.

Côté débit, on se doit de constater un caractère coléreux, une grande gueule et un total irrespect envers la propriété d'autrui.

Qu'Emmanuel Karlsen, dans sa trentième année, soit encore en situation d'étudiant s'expliquait principalement par un entêtement qui avait poussé dans leurs derniers retranchements maints bons examinateurs, à la suite de quoi Emmanuel Karlsen s'était invariablement trouvé recalé.

Ce compatriote un tantinet pénible fut transporté jusqu'à la Cabane du Rhum où un chef de station passablement nerveux l'accueillit.

Bjørken, qui avait moult réfléchi pendant le trajet depuis Cap Thompson, eut pitié de Lasselille qui s'affairait autour de l'étudiant, lui servant du pain blanc et du café pour lui être agréable. Bjørken proposa à Emmanuel Karlsen de venir avec lui jusqu'à Bjørkenborg pour s'acclimater un peu à la vie arctique. Mais l'étudiant ne voulut rien entendre.

— J'ai choisi la Cabane du Rhum, dit-il, et c'est pas un vieux brontosaure comme vous qui me fera changer d'avis.

Il se jeta sur la seule chaise de la maison et se mit à décimer le tas de petits pains blancs.

Bjørken ne resta que vingt-quatre heures. Il ne supportait plus la vue de l'étudiant, et quand il prit congé, il posa un bras sur les épaules de Lasselille et le serra longuement, sans un mot, contre sa maigre poitrine.

L'étudiant Emmanuel Karlsen s'appropria la meilleure couchette de la maison, choisit sa place à table et informa clairement Lasselille de ce à quoi celui-ci pouvait s'attendre, et surtout de ce à quoi il ne devait pas s'attendre.

Lasselille tenta une protestation.

— Mais en fait, c'est moi qui suis chef de station ici.

Pour toute réponse, il encaissa un regard mauvais.

— Écoute-moi bien, monsieur le chef de station. C'est moi qui suis le scientifique dans l'histoire, pas vrai, et ici, c'est une base scientifique, d'accord ?

Lasselille hocha la tête et écouta la suite. Après tout, jusque-là le type avait raison. Et l'étudiant continua :

— Et comme il s'agit d'une base scientifique, la science passe avant tout, tu suis toujours ?

Encore une fois, Lasselille fut obligé de faire des concessions.

— Oui, mais quand même, moi je suis le chef pratique.

— Justement.

Le visage d'Emmanuel Karlsen s'illumina en quelque chose qui ressemblait à un sourire satisfait.

— Et ça veut dire que tu nous sers à bouffer plusieurs fois par jour, et que tu tiens la cabane dans un état de propreté impeccable. O.K. ?

Les yeux fermés, Lasselille essaya de décoder le message. C'était probablement comme disait l'étudiant. Parce que tous les aspects pratiques devaient bien évidemment reposer sur le chef pratique.

— Oui, c'est juste, dit-il, la voix ferme.

Il rouvrit les yeux et fixa, en souriant, ceux d'Emmanuel Karlsen. Sur le moment, une certaine compréhension sembla régner entre les deux hommes.

L'été tourna rapidement à l'automne et l'automne à l'hiver, avant même que les deux hommes de la Cabane du Rhum n'aient eu le temps de s'en rendre compte. L'étudiant était sorti à la fin de l'été grattouiller un peu le sol avant que le gel ne s'installe définitivement, et il avait trouvé quelques tombes qu'il avait pillées de leurs crânes et ossements, pour avoir du matériel à étudier pendant l'hiver. Lasselille avait suivi les fouilles avec un vif intérêt, et il avait fabriqué une étagère au-dessus de la couchette de l'étudiant, sur laquelle ce dernier put entreposer ses trouvailles.

Avec l'arrivée de l'hiver, Lasselille commença à relever régulièrement les pièges qu'il avait posés à proximité de la station. Et il fut surpris et content de constater que l'étudiant souhaitait l'accompagner dans ses expéditions, apportant en plus son arc et une dizaine de flèches dans un carquois qu'il portait à l'épaule.

— Ce que vous faites ici, dit Emmanuel Karlsen, c'est une guerre indigne contre les animaux.

Il brandit son arc et le regarda avec ferveur.

— Avec cette arme, nous sommes égaux. L'animal avec sa rapidité, sa sauvagerie et sa force de frappe. Moi avec une arme astucieuse, qui au fond n'est rien d'autre qu'un bout de bambou avec une plume à l'arrière.

Lasselille jeta un regard oblique vers l'arc. Il secoua la tête, un rien sceptique.

— Ben, moi, j'préfère pas tomber sur un ours avec une aiguille à tricoter comme ça, dit-il, pas toi ?

— Aucun problème, répondit l'étudiant. La question, c'est pas la flèche en elle-même, mais sa direction et sa force.

Lasselille tourna et retourna ces mots dans sa tête. Quelques minutes plus tard, il sourit largement et dit :

— Bien sûr, tout comme une balle, pas vrai ?

Cette histoire de direction et de force de la flèche, l'étudiant Emmanuel Karlsen en donna la preuve au retour lorsqu'ils tombèrent sur un groupe de perdrix qui couraient çà et là dans un petit renfoncement à l'entrée de la Vallée de l'Ouest. L'étudiant agrippa Lasselille à l'épaule et le fit mettre à genoux.

— Maintenant, tu vas voir le spectacle, dit-il.

Il sortit une flèche de son carquois et la posa sur la corde. Quelques secondes après, la flèche sifflait à travers l'air glacial pour transpercer le gésier d'un des oiseaux et ensuite l'embrocher au sol. Les autres perdrix couraient autour, inspectant l'oiseau crucifié avec curiosité, poussant de petits cris indignés à la vue de ce comportement pour le moins étrange. Nouveau sifflement, et une deuxième perdrix se retrouva clouée au sol. L'une après l'autre, l'étudiant transperça ses victimes jusqu'au moment où l'ensemble du groupe fut exterminé et où chaque oiseau nagea dans sa propre mare de sang. À ce moment-là seulement, Emmanuel Karlsen se releva, alla nonchalamment vers les oiseaux et les acheva l'un après l'autre.

— Ce soir, perdrix grillées au menu, rigola-t-il en direction de Lasselille qui avait assisté au spectacle, ébahi. Et n'oublie pas de les faire revenir dans du beurre et pas dans de la margarine.

Il attacha les oiseaux par le cou à l'aide d'un lacet, et balança la liasse à Lasselille.

Un soir, l'étudiant était en train de mesurer un des crânes recueillis, et de faire des calculs. Il entreprit d'expliquer que l'index crânien représentait le rapport entre la longueur et la largeur de la tête.

— Ça, dit-il en tapant légèrement de son crayon sur la bosse de la nuque, c'est sans le moindre doute un crâne dolichocéphale dont la largeur représente 80 % de la longueur contrairement à ton crâne à toi qui fait partie des brachycéphales, c'est-à-dire avec un index de seulement 75 %.

— Eh, ben ! s'exclama Lasselille, impressionné. On croirait entendre Bjørken.

Il laissa sa main caresser le crâne.

— En fait, je la connais bien celle-là. C'est ma belle-mère.

L'étudiant le regarda d'un air méchant.

— Dis donc, monsieur le chef de station, te fous pas de ma gueule.

— Non, non !

Lasselille montra le crâne, enthousiaste.

— Elle s'appelle Augpalugtuatsiaq et elle habitait près de la Baie de Lindemann l'hiver où j'y étais. C'est ses dents, là, pas de doute, elles poussaient de travers dans la mâchoire du bas, parce qu'elle en avait trop. Ses filles et ses fils avaient les mêmes dents de travers, c'est pour ça que je la reconnais. Même qu'elle a un trou dans la tête.

L'étudiant retourna le crâne et découvrit effectivement un trou de la taille d'un crayon dans la partie inférieure de la bosse de la nuque.

— Nom de Dieu, comment tu peux savoir ça, bordel ?

— Parce que son mari lui a fait ce trou quand j'habitais avec eux. Il l'a frappée de son bâton kamiut, même que ma fiancée a rebouché le trou avec de la graisse de phoque et d'autres trucs comme ça pour qu'elle ne se vide pas de son sang.

L'étudiant regarda longuement Lasselille, d'un air scrutateur. Il fixa ses candides yeux bleus, et il eut le sentiment que Lasselille en connaissait un rayon sur ces Eskimos qui avaient vécu à une époque reculée.

— Dis donc, monsieur le chef de station, je propose qu'on bavarde sérieusement au sujet de ton séjour chez les Eskimos. Maintenant, je fais du café, et toi tu sors une bonne bouteille, parce que je crois qu'il y a tout un tas de choses en toi qu'il vaut mieux dégoter avant que tu les oublies.

Cette nuit-là, l'étudiant posa la pierre d'angle de sa future renommée d'eskimologue de premier rang. Plus il faisait boire de café et d'eau-de-vie à Lasselille, plus celui-ci se remémorait ce qu'il avait vécu, et quand il finit par s'endormir, l'étudiant l'installa dans sa couchette, arrangea la couverture confortablement autour de lui, comme s'il voulait protéger quelque chose de très précieux.

Le lendemain matin, Lasselille se réveilla avec une terrible gueule de bois. Il se sentait misérable, mal foutu et passablement honteux. Il avait en effet promis à Bjørken de ne plus jamais parler de son séjour chez les Eskimos, vu qu'il s'agissait de fantasmes maladifs qui lui étaient tombés dessus à cause des discours-fleuves que Bjørken lui avait tenus au sujet de ces peuples disparus. Lasselille avait été renvoyé au pays à cause de ses hallucinations, il avait fait l'objet d'une thérapie auprès d'un psychiatre, le docteur Phinkelfjog. Il avait de fait réussi à prendre suffisamment de distance par rapport à toute cette histoire, si bien qu'il ne pensait plus constamment à Nauja qui avait été sa fiancée. Mais la veille, tout lui était revenu en force. Et il avait passé la nuit à parler de sa relation avec Nauja, ses parents, et tout l'habitat.

Mais l'étudiant lui sourit gentiment quand il revint après s'être occupé des chiens, et il proposa qu'ils reprennent le fil là où ils s'étaient arrêtés la nuit.

Lasselille n'en avait pas trop envie, mais Emmanuel Karlsen fit griller des biftecks, lui versa un schnaps pour lui permettre de récupérer et le persuada, d'une voix mielleuse, de continuer son récit. Alors Lasselille se lâcha. Il raconta par le menu comment la vie des Inuits se déroulait à cette époque-là, c'est-à-dire dans les années 1850, il parla des relations entre les différentes familles, de la chasse, des légendes et des mythes et de tout ce qu'il avait appris par ailleurs pendant qu'il vivait au milieu d'eux. Emmanuel Karlsen ne comprenait pas d'où il pouvait bien sortir tout ça, mais au regard des connaissances sur les Eskimos qu'il s'était procurées à l'université, il comprit rapidement que Lasselille détenait là une masse d'informations qui allaient le mener directement, lui, au doctorat.

Qu'ils restent à la maison, qu'ils aillent en montagne ou partent loin sur les étendues glacées, Lasselille parlait et expliquait et précisait, se sentant pour la première fois de sa vie vraiment important. Il était enfin devenu le chef de station qui enseigne à son jeune élève. Maintenant c'était lui qui savait tout, comme Bjørken à Bjørkenborg. Et il constata que l'intérêt d'Emmanuel Karlsen était aussi vif que le sien l'avait été quand Bjørken se livrait à ses monologues sur tel ou tel sujet.

— Le mieux serait évidemment, dit-il un jour dans la plaine, que tu t'installes toi-même parmi eux.

— Comment ça ?

— Je sais où il y a une maison, pas loin d'ici, dans laquelle tu pourrais emménager. Là, tu pourrais vivre tout ce que j'ai vécu moi-même à l'époque.

— Tu crois vraiment ?

— Pour sûr. Je t'y accompagne volontiers, si tu veux, et je peux rester un peu te tenir compagnie jusqu'au moment où tu te seras habitué à eux.

— À qui ?

— Eh ben, aux Eskimos.

— Parce qu'ils sont là ?

— Ils y viennent, oui, répondit Lasselille. Dès qu'on y est depuis un petit moment, ils arrivent. Pour sûr.

L'étudiant Emmanuel Karlsen emménagea dans la maison inuite nouvellement construite par Lasselille sur la Plaine de l'Ouest. Il s'installa avec des peaux de bœufs musqués sur la couchette en pierre. Il avait une lampe à suie et des provisions pour un mois. Lasselille resta auprès de lui quelques jours, puis il commença à se sentir coupable à cause des pièges qu'il ne relevait plus. Il laissa l'étudiant avec la promesse de revenir au bout d'un mois, se réjouissant déjà à l'idée de revoir tous ses anciens amis.

Cette année-là, la Cabane du Rhum fut la station sur toute la Côte qui fit la meilleure récolte de peaux de renards. Le terrain était vierge, personne n'y avait posé de pièges depuis belle lurette, et Lasselille était un bon chef de station, assidu, et qui n'épargnait pas sa peine. Le tableau de chasse qu'il étala quand Bjørken et Museau arrivèrent pour chercher ses peaux de l'hiver était impressionnant.

— Mais, cher petit, s'exclama Bjørken en voyant les longues rangées de peaux suspendues pour sécher sur des fils devant la maison, t'as vraiment eu tout ça, mon garçon ?

Lasselille rayonnait.

— Oui, et c'était pas difficile du tout, Bjørk. Ils raffolaient des pièges. Mais la plupart on les a eus sur la Plaine de l'Ouest, à l'arc et aux flèches.

Bjørken le regarda, bouche bée.

— Un arc et des flèches, tu dis ? Attends, qu'est-ce que tu veux dire par là ?

— Ouais, c'est l'étudiant, tu sais. Il les descend quand ils viennent fouiller les ordures près de l'habitat. Y en a toujours tellement, tu sais, autour des cabanes, que ça attire les renards. Lui, il est dans le couloir et il tire flèche après flèche. Et quand les renards voient un camarade les quatre fers en l'air, ils n'ont même pas la trouille. Ils le regardent, puis continuent à fouiller jusqu'au moment où ils reçoivent eux-mêmes une flèche dans la bedaine.

Bjørken fixa Museau d'un air entendu jusqu'au moment où celui-ci chaussa ses lunettes pour voir s'il y avait quelque chose de changé chez Lasselille.

— Et l'étudiant, hum, hum, je suppose qu'il se trouve toujours à l'habitat en question ? demanda Bjørken.

— Ah, oui, bien sûr, et il s'est fiancé avec la cousine de Nauja qui est veuve avec deux enfants, répondit Lasselille, tout content. Il est devenu Riumata, « celui qui pense », pour tout le clan. C'est pas impressionnant, ça, Bjørk ?

— Si, très impressionnant, grandiose même, murmura doucement Bjørken.

Il fallut ligoter et enlever de force l'étudiant Emmanuel Karlsen à sa maison inuite qui se situait comme un ongle noir et incarné pratiquement au ras du sol dans la Plaine de l'Ouest. Il criait et hurlait et se comportait inconsidérément, mais Bjørken avait déjà eu affaire avec ce genre de cas et ne prêta aucune attention à ses vociférations. Quand il eut chargé le bateau des affaires du scientifique, il alla chercher Museau ainsi que tout un tas de pages noircies de gribouillis qu'il enveloppa soigneusement dans un vieux ciré. Puis, ils se mirent en route pour Cap Thompson où la *Vesle Mari* attendait les dernières peaux ainsi que l'étudiant pour le remmener.

C'est avec soulagement que Bjørken laissa le scientifique ligoté aux bons soins du Capitaine Olsen qui, hochant la tête d'un air entendu, se dépêcha d'envoyer le patient à l'infirmerie où on lui passa une paire de menottes attachées au radiateur.

L'année suivante Lasselille reçut un exemplaire dédicacé de la thèse du Docteur Emmanuel Karlsen, en langue anglaise. La dédicace, qui était imprimée sur la deuxième page du livre, était rédigée ainsi :

« *To my friend and teacher, stationmanager Lasselille, The Rhum Cabin, East Greenland.* »

Bjørken resta longtemps à contempler les mots imprimés. Puis, il regarda Lasselille avec douceur et lui demanda :

— Cette maison en tourbe, mon ami, que tu avais construite pour monsieur Karlsen, est-ce que c'était de ta propre initiative ?

Lasselille secoua la tête et dit, après une hésitation :

— Ah, non, pas du tout, Bjørk. Ça m'est venu comme ça, longtemps avant son arrivée. Peut-être que ça fait partie de ces trucs imprévus que t'as dit qu'il fallait que j'y pense. Tu crois que ça peut être cette histoire d'intuition qui m'a pris, Bjørk ?

— Pas impossible, mon garçon, pas du tout impossible, répondit Bjørken, d'une voix sérieusement altérée.

Cap Rumpel

... où l'on en apprend un peu plus sur le long périple de Doc et Mortensen à bord de leur traîneau à vent poussé par le typhon Nelly, où l'on découvre un Doc mortifié, prêt à donner sa démission pour retourner chez lui, là-bas en bas dans la moiteur du Danemark, et enfin où l'on voit Mortensen prendre la pleine mesure de la perfidie féminine.

Personne au monde – c'est-à-dire le nord-est du Groenland puisque pour les chasseurs le monde se limitait à la Côte – personne, donc, ne savait ce qu'étaient devenus Doc et le télégraphiste Mortensen. Un printemps, ils avaient disparu, à bride abattue, sur l'inlandsis, à bord du traîneau à vent construit par Doc, le typhon Nelly dans le dos.

La station-radio de Cap Rumpel était devenue muette suite à la fugue de Mortensen, et c'est seulement quand Doc revint avec la *Vesle Mari*, qui cette année-là faisait deux voyages, que tout le monde connut l'heureuse issue de l'aventure des deux compères.

— Eh, oui, Mortensen a trouvé preneur, il est pour ainsi dire casé, expliqua Doc, une fois bien installé sur le banc devant Cap Thompson, banc depuis lequel tout le monde regardait la *Vesle Mari* s'éloigner en se frayant un chemin malaisé à travers les glaces. Et pas avec la première venue. Parce que la bonne femme est économe à l'hôpital de Godthåb, elle bénéfice donc d'un grand logement de fonction ainsi que de certains privilèges. Et c'est pourquoi nous ne pouvons pas lui en vouloir d'avoir déserté.

Il n'en dit pas beaucoup plus. Il ne fit aucune allusion au voyage dramatique sur l'immense calotte glaciaire, un voyage qui pourtant battait tous les records de l'ensemble des expéditions menées par les héros polaires de tous les temps. Il ne mentionna pas les obstacles que les deux voyageurs avaient dû affronter, ni l'hiver à Godthåb, où ils avaient passé leur temps à attendre un bateau à destination du Danemark. Mais ses amis savaient qu'ils allaient lui tirer les vers du nez petit à petit. L'hiver serait long et les occasions de lui dérouiller les cordes vocales ne manqueraient pas.

Au bout d'un bref séjour chez Mads Madsen, Doc leva le camp pour rentrer à Cap Rumpel afin de tout remettre en ordre avant l'arrivée du remplaçant de Mortensen, arrivée prévue avec le second passage de la *Vesle Mari* cette année-là.

Doc ressentait une certaine tristesse à ranger les affaires de Mortensen. Sa grande corbeille en osier remplie de pipes, ses vêtements kaki, la casquette portant l'emblème de la Compagnie, et surtout le bel Orgue-de-Karl-Åge qui les avait réunis sous le sceau de la musique. Il empaqueta tout dans une grosse caisse qu'il put expédier à Cap Thompson grâce à Siverts et Petit Pedersen, lesquels avaient raté le premier passage du bateau et souhaitaient ne pas manquer le dernier, vu qu'ils avaient encore leurs peaux de l'année sur les bras.

Doc tournait en rond dans la maison, tristounet, ce qui ne lui ressemblait pas. Il pensait aux années que

Mortensen et lui avaient passées ensemble, leurs merveilleux voyages, leurs longues discussions pendant les soirées d'hiver, et leur passion pour faire de la musique ensemble. Ce ne serait jamais pareil avec un nouveau télégraphiste. Peu importait la personnalité du nouveau, ce ne serait jamais comme à l'époque où Mortensen était chef de la station.

Pendant un temps, Doc envisagea sérieusement de démissionner. Il pourrait le faire par le sans-fil dès l'arrivée du nouveau télégraphiste. L'idée prit de l'ampleur dans sa tête. Il pourrait toujours rentrer dans sa ville natale, Kerteminde, au Danemark. Ouvrir une boutique de vélos, par exemple. Ou se procurer une petite barque pour partir à la pêche. Il pourrait même avoir une maison en « Sibérie », lieu-dit suffisamment proche de Kerteminde pour qu'il puisse rejoindre son atelier à bicyclette.

Mais quelque chose en Doc fit tourner l'idée en eau de boudin. Il suffisait qu'il regarde le fjord et son eau calme, vert foncé, pour que toute velléité de départ s'évanouisse. Dans ces moments-là, les impressions le submergeaient et il en avait la gorge nouée. Le vaste ciel traversé de légers cumulus qui se reflétaient sur le large fjord, entre les flancs de montagnes, les icebergs qui majestueusement sortaient du Fjord des Glaces avec leurs cimes et leurs tours vertigineuses, brillant et scintillant dans l'éternel soleil, comme s'ils étaient couverts de diamants. Il voyait la vallée rougeoyante de coquelicots derrière Cap Rumpel, les longues plages de sable blanc, et il dressait le nez, inspirant profondément l'air pur de l'Arctique, émerveillé et légèrement étourdi.

« Eh bé da diou, non ! Tiens ! J'y suis, j'y reste, se dit-il dans son fionien maternel, la vie n'est puis pas si mauvaise ici ! »

Un beau jour de septembre, Doc entendit le douc-douc caractéristique d'un bateau à moteur. Il était au bord de la rivière, en train de faire sa lessive. Il jeta tout ce qu'il avait dans les mains pour grimper, à toute vitesse, au point culminant de Cap Rumpel. De là-haut, il voyait très loin dans le fjord, jusqu'à l'immense Montagne de Peter, et là, il aperçut un bateau qui pouvait bien venir de Fimbul. Le vieux canot était encore trop loin pour qu'il puisse distinguer l'équipage, mais il était à peu près sûr que le nouveau chef de station s'y trouvait. Maintenant, il lui fallait faire un effort et accueillir le nouveau télégraphiste et ceux qui l'accompagnaient, dignement. Finis, les atermoiements ! Il s'était laissé submerger par son triste sort sans aucune résistance.

Doc courut jusqu'à la maison et mit de l'eau à bouillir sur la cuisinière. Et il mit la table pour le café, sans mégoter. Cruches à café, petits gâteaux sucrés, eau-de-vie, de la vraie, celle avec une étiquette et un bouchon cacheté, tout, il sortit tout.

Une demi-heure plus tard, le bateau accostait sur la plage et déjà deux hommes sautaient sur la grève. Puis ils se dirigèrent vers la cabane. Doc les regardait par la fenêtre. Brusquement, il se figea et s'agrippa au chambranle. Ses yeux s'écarquillèrent et sa mâchoire inférieure lui tomba sur la poitrine.

— Mortensen ! souffla-t-il, surexcité.

Parce que en tête se trouvait Mortensen, grand, bien nourri, traînant son habituelle démarche jambes écartées qui témoignait des nombreuses années qu'il avait passées en mer. Il portait une casquette flambant neuve, à visière brillante, et arborait un gros cigare noir.

Valfred fit signe à Doc et hurla :

— Eh oui ! Le voici ton fugitif, petit Doc, sors de là, il mord pas, hé, hé !

Les deux compagnons de station se saluèrent sans excès d'effusion. Ensemble, ils avaient vécu tellement d'aventures qu'ils se sentaient tous les deux un peu embarrassés devant cette situation inhabituelle. Doc laissa le soin à Mortensen, en qualité de chef de station, d'accueillir les visiteurs, et bientôt tout le monde se trouva attablé autour du bon café que Doc avait préparé. Valfred tira une chaise jusqu'à la couchette de Mortensen et y posa café et eau-de-vie. Puis, il s'y installa avec un soupir d'aise, croisant ses grosses mains rougeaudes sur son ventre dodelinant. Le Lieutenant se trouvait au bout de la table. Son regard perçant ne manqua pas d'enregistrer les vibrations émanant de Mortensen et Doc.

Un peu confus, Doc regarda son compagnon de maison :

— Bon, ben, te voilà donc de retour, Mortensen.

— Eh ben, ouais, répondit le télégraphiste.

Il sourit sans lever les yeux de la table.

— Tu... t'es pas resté à Godthåb, finalement ?

— Ben, non, faut croire que non.

— Et alors, l'économe... Elle va bien ?

— Parfaitement bien, je crois. Son mari est rentré, tu comprends, alors, elle va sûrement très bien.

— Son mari ?

— Oui, un collègue, dit Mortensen. Il était en vacances quand t'es reparti. Et puis, il est rentré.

Pendant un moment, ils écoutèrent le crépitement du charbon dans la cuisinière. Puis, Doc fixa les yeux de Mortensen et dit, doucement :

— Ben dis donc !

— Tu l'as dit. Parce qu'elle avait comme qui dirait oublié de m'en parler.

Valfred goba bruyamment quelques gorgées de café et tendit son verre à schnaps, d'un air suppliant, vers le Lieutenant Hansen. Celui-ci lui servit une dose plus qu'entière, que Valfred vida cul sec avant d'embrayer :

— Hé, hé, oui, c'est comme ça les bonnes femmes, dit-il en se raclant la gorge. Elles ne disent rien avant que ce soit trop tard. Camouflent la poussière sous la moquette, que je dirais.

Il se rinça avec du café.

— J'ai connu un type à Slagelse, du genre hardi et fougueux qui pouvait pas laisser les bonnes femmes tranquilles. Ewald qu'il s'appelait, et il était un peu endommagé parce que c'était un antialcoolique pur et dur plusieurs jours par mois. C'est pas que je déteste les antialcooliques, vous savez bien, mais l'être de temps en temps, ça me semble pas très naturel. Puis, il se trouve qu'il rencontra Gyda Tusindfryd, une dame exquise dont je crois avoir déjà causé. Ils se sont fréquentés un temps, et il en était très fier parce que c'était pas donné à tout le monde de retenir Gyda très longtemps. Mais à la fin, elle l'a quand même plaqué, et ça l'a tellement chagriné qu'il en a oublié complètement ses jours mensuels d'abstinence.

Valfred plongea longuement son regard étonné au fond de son verre, comme s'il se demandait où en était passé le contenu. Ensuite, il regarda avec insistance le Lieutenant qui, crânement, lui servit encore un verre de l'eau-de-vie de Cap Rumpel. Valfred se mit le verre sous le nez, reniflant énergiquement les bonnes vapeurs d'alcool. Il poursuivit :

— Puis, un dimanche matin, alors qu'il rentrait du Sol Natal, un clandé très couru à Ringsted, il croisa Gyda qui se promenait dans la rue avec un rempailleur de chaises de Roskilde. À travers les vapeurs de son ivresse, il la toisa de la tête aux pieds, lui tapota le ventre et lui dit, d'une voix forte : « Si c'est un garçon, chère Gyda, tu l'appelleras Ewald, en souvenir de moi. »

Valfred leva un peu la tête, posant le bord du verre contre sa lèvre inférieure. Les yeux fermés et avec une expression transportée, il aspira le schnaps. Il reposa le verre sur la chaise et ouvrit les yeux.

— Mais Gyda n'était pas du genre à se laisser intimider. Elle se rengorgea et sourit, vous savez comme elles font, les bonnes femmes, un rien acides comme ça. Elle l'attrapa d'une main à l'entrejambe et dit, d'une voix mielleuse : « Et si jamais celui-ci se trouve mal, mon petit Ewald, tu l'appelleras syphilis, en souvenir de moi. »

Le Lieutenant secoua la tête, inquiet.

— Elle est vieille, cette histoire, Valfred, je la connaissais déjà.

Valfred sourit à tout le monde et hocha la tête.

— C'est bien possible, mon petit Hansen, mais pas le rempailleur de chaises, lui, il ne la connaissait pas.

Il regarda Mortensen.

— Il t'a tabassé ? demanda-t-il.

— C'est moi qui l'ai tabassé, lui, répondit le télégraphiste.

— T'aurais peut-être plutôt dû cogner l'économe, suggéra le Lieutenant.

— C'est c'que j'ai fait aussi, dit Mortensen, et après je les ai aidés à regagner le lit conjugal, j'ai ramassé mes affaires et j'suis parti au port voir un peu c'qui y avait comme bateaux.

Tous eurent le sentiment que ces souvenirs étaient pénibles, et tout le monde s'abstint de remuer le couteau dans la plaie, dans ce qu'avait vécu Mortensen à Godthåb. Doc proposa d'ouvrir la station-radio, et Mortensen acquiesça immédiatement. Il s'installa sur son fauteuil pivotant devant le récepteur, et Doc sauta sur son vélo pour mettre en route le générateur à la force des pédales. Bientôt la petite pièce se mit à scintiller et à clignoter avec un air de fête, et Mortensen bippa ses messages vers les quatre coins du monde afin que tous sachent bien que Cap Rumpel était à nouveau opérationnel.

Plus tard, le Lieutenant et Doc préparèrent à manger. Ils grillèrent des steaks de bœuf musqué directement sur les rondelles de la cuisinière, pour simplifier les choses, et les servirent avec des bières en bouteille et de la purée de pommes de terre en poudre.

Après le dîner, Mortensen sortit un gros paquet qu'il posa sur la table devant Doc, un peu embarrassé. Il le montra du bout de sa pipe.

— Juste une pacotille, murmura-t-il, j'suis tombé dessus à Copenhague.

— Mais, dit Doc en regardant le paquet, désappointé, qu'est-ce qui t'arrive, Mortensen ? J'ai pas besoin de cadeaux. Et moi, j'ai rien pour toi puisque je savais pas que t'allais revenir.

Mortensen grogna du fond de sa poitrine.

— C'est rien, juste un petit coup de tête, dit-il la voix pâteuse, rien de spécial.

Doc arracha hâtivement le papier et dévoila trois belles lames de scie et une solide armature. La première lame était toute fine, la deuxième était de taille moyenne et la dernière n'était rien moins qu'une scie de charpente pour scieurs de long.

— La grosse, là, vaudra mieux lui construire une autre armature, dit Mortensen, sinon t'auras du mal à la contrôler. C'est comme qui dirait une scie basse.

Doc n'en revenait pas. Jamais de sa vie il n'avait possédé de si merveilleux instruments. Il ferma les yeux et entendit résonner en son for intérieur la *Fugue en* ré *mineur* de Bach à la sauce Orgue-de-Karl-Âge et scie basse.

— C'est trop, chuchota-t-il, ému.

— Balivernes, grogna Mortensen, tout aussi ému. Manquerait plus que ça.

L'atmosphère gênante entre les deux amis se dissipa au fur et à mesure que la soirée avança. C'est seulement une fois que le Lieutenant Hansen et Valfred furent repartis, pour rentrer avant que la nouvelle glace ne se dépose, que Doc eut droit à toute l'histoire.

Ils étaient installés sur le seuil devant la maison. Mortensen en train de nettoyer les nombreuses pipes de sa corbeille en osier, et Doc occupé à émousser les dents des nouvelles lames de scie de manière à rendre les instruments inoffensifs.

C'est Mortensen en personne qui réaborda le sujet des événements de Godthåb.

— Ça fait du bien d'être rentré, dit-il, pour tester le terrain.

Doc s'arrêta un instant de limer. Il laissa glisser un doigt sur les dents arrondies.

— Je pensais que tu ne reviendrais jamais, dit-il. Elle avait l'air d'un vrai cadeau, cette économe.

— Oui, c'est vrai, une bonne femme magnifique. Elle n'est pas loin de me manquer un tout petit peu. T'as goûté ses têtes de mouton bouillies ?

Doc hocha la tête. Il posa la lime et la scie et croisa les mains sur ses genoux relevés.

— Deux fois. Mais je préférais sa soupe au lait et à la viande. Comment qu'elle appelait ça ?

— *Suaussat*, répondit Mortensen qui maîtrisait le vocabulaire culinaire de la langue groenlandaise.

— Et ses bretzels aux lardons, continua Doc, ou son pudding en neige avec des petits sablés.

— Unique, soupira Mortensen, elle avait beaucoup de talents.

— Quoi encore ? demanda Doc qui adorait les détails.

— Voyons. En plus d'être une cuisinière de premier ordre, elle était une bonne et joyeuse camarade.

Et elle aimait la nature, elle était partante pour un peu tout.

— Ça veut dire quoi, Mortensen, partante pour un peu tout ?

— C'qu'on fait en privé, tu vois. Depuis que j'avais fait escale à Bangkok, où les blanchisseuses montaient à bord, j'avais rien vécu de pareil.

— Qu'est-ce que t'as vécu, Mortensen ? insista Doc.

Mortensen raclait énergiquement un fourneau de pipe avec son couteau. Il remua un peu la tête.

— Vécu, vécu, eh ben... tu vois bien c'que je veux dire, Doc.

— Non, j'vois pas.

— Une petite polissonne dans la paille, t'imagines bien. Chaude et ronde et brune et rieuse. Et pas un mot de compréhensible dans tout ce qu'elle disait. Une bénédiction, Doc, une vraie petite bénédiction, voilà ce qu'elle était.

— Mais elle n'aurait pas dû te mentir au sujet de son mari.

— Ah, mais c'est qu'elle m'a jamais menti ! Elle a jamais fait la moindre allusion à son mari, en tout cas pas dans une langue compréhensible pour moi, répondit vivement Mortensen. Tout d'un coup, un jour, il a débarqué, avec sa valise et sa caisse de bières pour fêter son retour. Bien sûr, il s'est mis à grogner et à se comporter comme un chien enragé quand il m'a trouvé au pieu avec elle. Il lui a sauté dessus et a commencé à la cogner.

— Et c'est pour ça que tu l'as tabassé ?

— Oui, je pouvais pas la laisser se faire massacrer. Mais quand il s'est écroulé, hors circuit, c'est elle qui m'a attaqué, armée d'un couteau de cuisine. Elle avait l'air de tenir à son andouille de mari. Alors, il a fallu que je la calme aussi, histoire d'éviter que ça tourne au vinaigre. Un vrai bordel, quoi.

— Et après, t'es parti au port pour te calmer les nerfs ? demanda Doc qui voulait connaître l'histoire dans ses moindres détails.

— Oui, et j'y suis resté jusqu'au moment où le mari s'est ramené et s'est installé tranquillement à côté de moi. Il avait amené sa caisse de bières. Au bout du compte, c'était un type très sympa qui travaillait à la station-radio, comme télégraphiste. Il avait eu quatre mois de congés qu'il avait passés à chasser dans le nord du Groenland d'où il était originaire.

— C'était donc un Groenlandais ?

— Il en avait tout l'air, répondit Mortensen. Mais comme je te disais, sympa sur toute la ligne. Il vivait avec l'économe depuis trois ans, et il estimait avoir une sorte de droit sur elle.

— Y a un peu de vrai dans tout ça, on pourrait dire.

— Oui, c'est vrai. Mais il aurait dû se rendre compte qu'on ne quitte pas une dame aussi ardente pendant quatre mois sans prendre des risques. Je lui ai expliqué ça, et nous sommes arrivés à une sorte d'entente. Il vivrait une semaine avec elle, pendant que moi je m'occuperais de son boulot à la station-radio, puis la semaine d'après ce serait l'inverse.

— Vous avez vraiment fait ça ?

— Oui, et au début ça s'est très bien passé. Mais ensuite elle a commencé à se plaindre, disant que c'était trop court. Elle n'arrivait pas à se réhabituer à chacun de nous en si peu de temps. Alors j'ai décidé de rentrer, parce que, au fond, j'avoue que c'était un peu pareil pour moi. Si je pouvais pas l'avoir pendant plus de temps, je préférais laisser tomber.

— Est-ce que vous n'auriez pas pu essayer avec des tournées de deux semaines de suite ? demanda Doc.

— On ne se lasse pas d'une telle femme même au bout d'un mois, répondit Mortensen. Mais avant mon départ, elle a elle-même proposé un arrangement auquel je réfléchis encore.

— Et c'est quoi ?

— Si lui et moi, on échangeait notre boulot tous les ans, chacun aurait une année entière avec elle, largement le temps d'en profiter au maximum. Lui me remplacerait ici à Cap Rumpel, pendant que moi je le remplacerais à Godthåb. Qu'est-ce que t'en dis ?

Doc réfléchit longuement. L'idée de connaître le collègue groenlandais de Mortensen ne lui déplaisait pas. Ça lui avait l'air d'être un homme tout à fait sympathique et facile à vivre, qui ne cherchait pas la petite bête. Et l'idée que Mortensen vive à chaque fois une année entière avec l'économe ne pouvait que le réjouir pour son compagnon. Mais quand il pensait à l'économe et à ses talents, quelque chose en lui se rebiffait.

— Est-ce que tu me donnes un petit délai de réflexion ? demanda-t-il.

— Pour sûr, répondit Mortensen. De toute façon, le prochain bateau n'arrive pas avant longtemps.

Moins d'une semaine plus tard, Doc remettait le sujet sur le tapis. Ils venaient d'entamer un bœuf musical, à la scie basse et l'Orgue-de-Karl-Åge, et faisaient une petite pause café.

Doc attaqua :

— Dis donc, Mortensen, j'ai réfléchi à ton histoire avec l'économe, et je crois que ton échange avec le télégraphiste se terminerait mal.

— Pourquoi ça ?

— Vous n'éviteriez pas la jalousie. Et quand ça vous prendrait, vous commenceriez à vous comporter comme de minables petits coqs pour gagner les faveurs de votre économe. Et ça, c'est le pire, parce que très vite elle vous mépriserait tous les deux, et elle vous laisserait tomber pour un nouveau mec. C'est exactement comme ça que ça se passerait, Mortensen.

— Tu crois vraiment ?

Mortensen réfléchit longuement.

— Oui, j'ai bien senti ces petites piques quand il prenait ma place. Rien d'important encore, mais j'imagine que ça dégénérerait vite. Putain, j'aimais pas quand il prenait ma place dans le grand lit, ou quand elle le régalait de sa fantastique purée de pois cassés au bacon et à la gelée d'airelles. T'as peut-être raison, Doc.

— Bien sûr que j'ai raison. Même que j'ai une autre proposition. Tu repars à Godthåb, et tu m'envoies l'économe ici à Cap Rumpel. Ainsi toi et le télégraphiste, vous ne vous fâcherez pas. J'ai tout prévu. Tu m'apprends les signaux de morse au cours de l'hiver, et quand elle sera là, c'est elle qui me remplacera aux pédales. Qu'est-ce que t'en penses ?

Mortensen ne dit rien. Il retourna, silencieux, dans la maison, et l'instant d'après, les sons mélancoliques de son orgue remplissaient la petite maison.

Doc attrapa sa grande scie et secoua l'archet plusieurs fois pour éliminer l'excès de talc sur la corde. Puis, il s'y mit, laissant ses notes profondes accompagner habilement les hurlements amples de Mortensen.

Deux jours de rang, pas un mot ne fut prononcé. Ils n'étaient pas fâchés, non, ils se souriaient quand ils se croisaient, mais préféraient, à part ça, rester chacun de son côté. Puis, le troisième jour, alors que Doc était en train de graisser son vélo de service devant la maison, Mortensen sortit avec un plateau de petits gâteaux. Il en offrit à Doc, tout sourire, et Doc en mangea et le félicita.

— Dis donc, Doc, dit-il, partager c'est très bien tant qu'il s'agit de petits gâteaux ou de trucs comme ça. Mais en ce qui concerne l'économe, mieux vaut se sortir cette idée de la tête.

Il prit la pédale et se mit à tourner, pendant que Doc continuait à la graisser.

— Et à la réflexion, je ne suis pas sûr d'avoir envie de partir d'ici pendant une année entière. L'idée de l'envoyer ici, elle, je trouve franchement pas que t'y trouverais ton compte, avec un tel compagnon de station. Je la trouve comme qui dirait déplacée ici, à Cap Rumpel, elle constituerait un élément perturbateur sur la Côte.

Mortensen arrêta la roue et regarda Doc, désemparé.

— Serais-tu d'accord pour que nous envoyions un message à l'économe et son mari pour décliner poliment le plan envisagé ? Est-ce que ça t'embêterait beaucoup ?

Doc reposa sa burette d'huile.

— Est-ce qu'elle a des dons pour la musique ? demanda-t-il.

— Ah, non, elle est nulle. À l'église, elle braille comme une crécelle, et en plus, même pas dans le rythme, une véritable calamité.

— Mais à part ça elle est remarquable ? Chaude et partante ?

— Torride, répondit Mortensen.

Doc se gratta la nuque.

— Ben, j'sais pas, dit-il. Son tempérament semble bien, mais c'est vraiment pas possible de loger ici à Cap Rumpel une personne qui n'a aucun don pour la musique. Je crois qu'il vaut mieux envoyer ce message, Mortensen. Pourquoi pas joindre ma proposition à moi, en disant que c'est un projet à long terme, disons pour dans quelques années. Comme ça, on casse pas tous les ponts.

Mortensen trouva l'idée tout à fait excellente. Il rentra sur-le-champ et rédigea le signal, un long et méticuleux message. Ensuite, les deux amis sortirent, libérés, et profitèrent des rayons du soleil bas qui roulait comme un gros ballon rouge sur les basses montagnes côtières à l'ouest.

La confrérie

... où Maître Volmersen a une idée de génie pour recycler la vieille ferraille.

Sa conscience enjoignait, chaque année en juin, à Maître Volmersen de donner son congé de Grover Bay, environ un mois avant l'arrivée du bateau annuel de provisions, la *Vesle Mari*. Et la tradition enjoignait au Comte d'organiser une petite fête, une sorte de dîner d'adieu, où les deux messieurs pouvaient, dans une ambiance conviviale, aborder les problèmes de Volmersen. Parce que Volmersen avait un problème. Au fond de lui, il avait le sentiment de négliger quelque chose, le sentiment qu'il aurait dû retourner au Danemark, remplir ses fonctions, comme tout autre citoyen de ce petit royaume paisible. Rester dans le nord-est du Groenland était une sorte de fuite dont il aurait dû avoir honte.

Le Comte avait patiemment écouté ces arguments chaque année, et une fois que Volle avait vidé son sac, le Comte prenait la parole de sa voix nasillarde dans son danois archaïque.

— C'est justement le cas, mon gros, oui, tu fuis la réalité. Ici se trouve ta vraie vie, ici tu peux prendre la place que tu veux, être toi-même sans gêner les autres et sans que les autres te gênent.

— Mais mon étude, ma clientèle ? objecta Volmersen.

— Tu les as héritées de ton père, et tu t'en es occupé pendant de nombreuses années. Et maintenant tu dois admettre qu'elles se sont rétrécies, qu'elles ne représentent probablement plus grand-chose. Tu te consacres désormais à ma propriété à moi pour tous les aspects juridiques et administratifs. Cela devrait te suffire. Si tu retournes au Danemark, tu redeviendras un de ces innombrables avocats très médiocres. Tu as trop appris de la vie ici pour pouvoir reprendre ton travail d'avocat.

Volmersen hocha la tête et dégusta le Grover Bay Gamay 29, un vin du style de la région de Dole que le Comte avait mis des années à élever. Il s'agissait d'un bâtard, vu qu'il était constitué de Pinot noir d'importation mélangé à des raisins cultivés sur place. L'avocat s'enfonça encore davantage dans son fauteuil, avec un profond soupir.

— Et, ajouta le Comte en guise de joker, n'oublie pas le voyage en lui-même. Tu te souviens combien ton voyage aller a été épouvantable, et il n'y a aucune raison que le retour avec Olsen se fasse dans de meilleures conditions.

Ce dernier argument était toujours déterminant. Parce que Volmersen avait affreusement peur de se laisser véhiculer une nouvelle fois à travers l'Atlantique à bord de la *Vesle Mari*. Le voyage aller avait été une horreur qui le poursuivait encore dans ses cauchemars.

— Reste encore une année, lança le Comte nonchalamment, ça te laisse un peu plus de temps pour réfléchir. Il ne faut jamais faire les choses de façon précipitée, tu sais bien.

Volle resta donc encore une année, pour avoir le temps de vraiment bien réfléchir à sa situation.

Comme certains s'en souviennent peut-être, Volmersen était arrivé dans le nord-est du Groenland en tant qu'avocat responsable de la succession du frère du Comte. Il aurait dû faire un simple aller-retour avec la *Vesle Mari*, mais il était d'abord resté une année, histoire d'avoir le temps de discuter sérieusement de toutes les questions concernant ladite succession avec l'héritier. Mais ensuite, quand tout était rentré dans l'ordre, et qu'un liquidateur s'occupant du domaine familial avait été commandé par le sans-fil, il avait prolongé son séjour d'une année encore, et ainsi de suite.

Les deux hommes s'étaient liés d'une amitié exceptionnelle, vu leurs nombreux intérêts communs. L'agriculture arctique, la culture de plants de tabac, de vigne, et de pommes de terre, la ferme expérimentale de bœufs musqués, à quoi devait s'ajouter le travail administratif afférent à « La confrérie 71 ».

Cette association fut créée tard une nuit, alors que Volmersen venait de rentrer de Cap Thompson avec le premier chargement de provisions ainsi qu'un vieux coffre à ferrures adressé au Comte. Le coffre avait été expédié depuis le domaine familial par le liquidateur, et Volle avait passé le retour assis dessus à se demander ce qu'il pouvait bien contenir.

Ça peut être des livres, se dit-il, de vieux manuscrits retraçant la lignée des von Veile depuis la nuit des temps. Ou peut-être s'agit-il d'armes antiques, ou d'armures du Moyen Âge. Volle tapa sur le couvercle légèrement voûté et soupira. Il avait une furieuse envie de l'ouvrir, d'enfoncer la grosse clé dans la serrure et de jeter un œil juste pour avoir un petit aperçu de ces merveilles. Mais sa conscience d'avocat le retint. C'était une propriété privée, ça ne le regardait pas. Et même si cela appartenait à son compagnon de station et ami le plus proche, il fallait maîtriser sa curiosité.

Volmersen resta longtemps à tripoter la clé. Il avait le gouvernail coincé sous le creux du genou gauche, et ainsi installé en hauteur, il profitait d'un beau panorama. C'était un merveilleux jour d'automne avec un ciel dégagé et une eau lisse. Une étroite bordure de glace étincelait vers la gauche, beaucoup trop loin à l'horizon pour nuire à la navigation.

Volmersen essaya de penser à autre chose. Au bateau sur lequel il naviguait, par exemple. C'était un grand bateau de sauvetage robuste qu'il avait acheté au Capitaine Olsen pour une somme rondelette. Grover Bay n'avait jamais possédé de bateau auparavant, ce qui ennuyait Volmersen qui avait toujours eu envie de se promener dans les fjords, à la billebaude. Même s'il n'était pas à proprement parler un homme de mer quand il s'agissait de navires plus importants, il se sentait cependant tout à fait à l'aise avec son bateau de sauvetage. Les moments culminants de l'été étaient ceux où le Comte et lui partaient en excursion sur les immenses voies navigables, que ce soit en voyages de visite ou pour étudier la nature.

Le Comte ne l'avait pas suivi jusqu'à Cap Thompson, eu égard à ses cultures. La neige avait quitté le sol tardivement, retardant la préparation du champ de pommes de terre qui n'était devenu bêchable qu'au moment où Volle devait partir. En plus, il fallait en permanence ajuster les vitres de la serre où poussaient les fragiles pieds de vigne, afin de maintenir une température élevée et stable.

D'un autre côté, se dit Volmersen, dont le subconscient avait continué à travailler fébrilement, il pourrait se passer n'importe quoi. Je pourrais par exemple faire naufrage. Un iceberg pourrait chavirer sur le bateau, ou la coque du rafiot pourrait être déchirée par un récif sous-marin dont j'ignorais l'existence. Dans ce cas, le coffre coulerait et serait perdu à jamais. Il contempla à nouveau la clé. Si jamais un accident comme ça venait à se produire, et si jamais moi je m'en tirais par miracle, qu'est-ce que je dirais au Comte quand il me demanderait ce qu'il y avait dans le coffre ? N'était-il pas de son devoir d'avocat de se tenir au courant jusqu'au moindre détail de ce qui concernait le Comte ? Ne serait-ce pas insupportable pour le Comte d'en ignorer à jamais le contenu, au cas où le coffre disparaîtrait dans les eaux ?

Volmersen alluma un cigare, résolument, et envoya quelques nuages d'un vert vénéneux dans l'air. Il arrima le gouvernail, se mit à genoux et enfonça la clé dans la serrure du coffre. Celle-ci geignit et couina quand il tourna la clé, et il lui fallut y mettre toutes ses forces pour faire les deux tours nécessaires.

Il posa le cigare sur la poupe et ouvrit, lentement, le couvercle.

Il fouilla le contenu, surpris. En haut trois habits de cérémonie noirs, et sous les habits, une boîte longue et profonde qui contenait un grand nombre de médailles, décorations et autres distinctions. Ensuite, il trouva un phonographe portatif avec son pavillon, quatre disques de chansons patriotiques ainsi, comme Volle l'avait bien deviné, que des armes blanches d'un autre âge, deux épées, deux sabres et deux fleurets. Il mémorisa méticuleusement l'ensemble de ces objets avant de refermer, un peu honteux, ce qui ne relevait plus d'un secret.

Volmersen passa le reste du voyage à penser à toutes ces choses curieuses. Pourquoi le Comte avait-il demandé qu'on lui envoie particulièrement ces choses-là ? Et s'il n'en avait pas lui-même fait la demande, pourquoi alors le liquidateur les lui faisait-il parvenir ?

Il discuta de tout cela avec le Comte quand, la nuit qui suivit son retour, ils partagèrent une bouteille de Grover Bay dans la serre. Le coffre trônait devant la porte, son contenu réparti par terre.

— Je ne comprends pas ce qui a poussé ce brave homme à m'envoyer tout ce bric-à-brac, dit le Comte en secouant la tête.

Il plongea la main dans les médailles.

— Ces pacotilles, mes ancêtres les ont reçues année après année. C'est pas qu'ils les méritaient, mais simplement ils portaient un nom à particule et savaient se faire voir là où il fallait.

— Mais ils ont quand même bien dû avoir quelques mérites ? objecta l'avocat.

Le Comte lui adressa un sourire pâlichon. Il fouilla dans le tas et en sortit un bout de métal ressemblant à une pièce de monnaie, orné de rubans.

— Ça, par exemple, dit-il en le lustrant contre son pantalon de marin, un de mes ancêtres l'a reçu de la maison royale pour acte de bravoure.

— Ben tu vois ! s'exclama Volmersen. Qu'est-ce qu'il avait fait ?

— Si je me souviens bien, un baron allemand lui avait rendu une visite inamicale dans son château, et lui avait truffé le derrière de grosses dragées de chevrotine, répondit le Comte. Et tiens, ça, continua-t-il en montrant une autre médaille, ç'a été décerné à mon arrière-grand-père quand celui-ci inventa un chevalet de torture hérissé de clous. Une sorte de petit génie du raffinement, pour ainsi dire.

Il renvoya les deux médailles sur le tas.

— Allons balancer toutes ces immondices au fond de la mer, proposa-t-il. Je sens mes oreilles rougir pour toute ma lignée en les regardant.

Volmersen fit une moue, réticent.

— C'est tes médailles, après tout. Mais elles ont quand même une sorte de valeur historico-culturelle qu'on peut pas leur enlever. Dommage qu'elles puissent pas servir à quelque chose d'utile.

— C'est vrai, les médailles en elles-mêmes n'ont rien de mauvais, répondit le Comte. Certaines d'entre elles sont même assez décoratives. Simplement, elles ont été décernées aux mauvaises personnes. Si on les avait attribuées en fonction des mérites, il y aurait au moins eu un sens, une belle intention derrière tout ça.

Volmersen hocha la tête derrière les écrans de fumée de leurs cigares, mais ne dit rien. Il continua à fixer les rondelles brillantes. Le Comte alla chercher une nouvelle bouteille de vin, un Chablis de 1932 cette fois-ci, qu'il avait réussi à produire au bout de plusieurs années de tâtonnements. Au deuxième verre, Volmersen murmura :

— La Légion d'honneur du Comte von Veile.
— Pardon ?

Le Comte le fixa, sourcils relevés.

— Juste une idée qui m'a effleuré, répondit Volle. Tu sais, une de ces pensées décousues qu'on a parfois. Rien de bien précis. Mais je trouve que ce serait vraiment dommage de jeter toutes ces médailles au fond du fjord. Elles n'ont rien fait de mal. Peut-être qu'elles pourraient à nouveau faire plaisir, et ça, c'est déjà utile. Si tu créais une fondation qui annuellement distribuait une ou deux décorations aux gens méritants, tes médailles retrouveraient une nouvelle jeunesse, et en plus, on s'en débarrasserait d'une manière divertissante.

Le Comte médita longuement cette suggestion. C'était encore fragile, mais quelque chose dans l'idée de Volmersen lui plaisait.

— Tu penses vraiment qu'une fondation serait la bonne solution, Volmersen ?

— Non. À la réflexion, non : une fondation est un placement de capitaux, et ce n'est pas ça le but. Peut-être devrions-nous créer une confrérie qui pourrait distribuer les décorations. « La confrérie du Comte von Veile. »

Le Comte secoua la tête.

— Non, certainement pas. Pas d'histoire de Comte ni de titre de noblesse. Pourquoi pas appeler cette confrérie d'après quelque chose que tout le monde ici peut comprendre ?

— Comme par exemple ?

— La confrérie 71.

— Pourquoi ?

— Parce que Grover Bay, où la confrérie aurait été fondée, se trouve approximativement au 71e degré de latitude nord, répondit le Comte avec un sourire.

Volmersen repoussa les lunettes sur son front et fit une moue en cul de poule. Il hocha la tête longuement, pour signifier son accord.

— Pas idiot, Comte. Pas mal du tout. Un nom intéressant qui éveille la curiosité. Et comment proposes-tu d'appeler la décoration en question ?

Sans hésitation, le Comte répondit :

— « Médaille d'Emma pour le mérite », qu'on raccourcirait à une « Emma ».

Les deux amis passèrent le reste de la nuit à créer les statuts de la confrérie, à en définir les objectifs, et à en choisir le bureau. Le règlement se limitait à l'engagement de distribuer une « Emma » à toute personne qui, de par sa conduite dans la vie, ses actes et sa personnalité, le mériterait. De plus, le bureau de la confrérie s'engageait à organiser annuellement une petite cérémonie, ainsi que d'offrir une bouteille d'eau-de-vie au bénéficiaire de l'« Emma » de l'année. Le but était de se débarrasser des médailles du Comte d'une façon altruiste et efficace. Le bureau se limitait au Comte, en qualité de Président, et à Volmersen en tant que vice-président et trésorier.

Une fois tout cela bien calé, ils abordèrent la distribution de l'année, ce qui les plongea dans des discussions qui virent la nuit laisser place au jour. Il était même presque midi avant qu'ils arrivent à se mettre d'accord. Suite à cela, ils se promenèrent dans le champ de pommes de terre du Comte, afin d'inspecter les cultures, et au retour, ils s'installèrent chacun dans sa chaise longue au soleil, afin de rattraper le sommeil en retard.

La nouvelle de la confrérie fit le tour des districts, où elle trouva un accueil favorable. Certains firent un détour par Grover Bay, à la fin de l'automne, pour en savoir un peu plus sur « La confrérie 71 », mais les deux compères restèrent muets comme des carpes. C'est seulement en novembre qu'ils demandèrent à Doc de transmettre une missive aux différentes stations, une déclaration écrite qui informait les chefs de station et leur équipe de l'attribution de deux « Emma » lors du Réveillon de Nouvel An, avant le changement d'année. Dans le principe, il n'y aurait qu'une attribution annuelle, mais, suite au vœu formulé par Volmersen, on en attribuerait exceptionnellement deux ce soir-là pour marquer l'année de fondation de la confrérie.

Pendant la première partie de l'hiver, on se réjouit beaucoup, dans les cabanes, à l'idée de cette cérémonie. Chacun était bien sûr persuadé que lui, et personne d'autre, se devait de recevoir la médaille. Tous avaient été remarquables d'une certaine manière, et donc chacun était habité par cette conviction d'être l'heureux élu.

Herbert pour sa part misait sur Anton. Ce poète hors du commun avait enrichi le nord-est du Groenland comme personne d'autre avant lui. Il avait immortalisé non seulement ses amis, mais le pays tout entier. Siverts pariait sur Petit Pedersen, meilleur chasseur depuis plusieurs années ; et pour Lasselille, le héros ne pouvait être que Bjørken, ce génie universel, qui faisait l'honneur de la Côte plus que n'importe qui. Ainsi chacun misait sur son compagnon le plus proche, tout en étant persuadé, en son for intérieur, que c'est à lui-même qu'échoirait l'insigne distinction.

On célébra Noël chacun chez soi, le Comte et Volle ayant décrété qu'ils ne voulaient en aucun cas voir qui que ce soit à Grover Bay avant le jour même de la cérémonie. Ils ne voulaient pas risquer désaccords et bagarres avant le grand moment.

Mais déjà l'avant-veille du Nouvel An, presque tout le monde était arrivé. On avait monté les tentes aux alentours de la maison du Comte. On apercevait tout juste la lueur jaune des fenêtres. Mais en attendant l'heure, ils se rendaient visite entre eux pour discuter ferme de « La confrérie 71 ».

— Pour ma part, je ne viens que parce que Museau et Lasselille sont au bord de la crise d'apoplexie tant ils sont curieux, expliqua Bjørken. J'ai toujours pensé que les confréries, les congrégations, les cercles, les associations et autres compagnies, c'était que de la fumisterie. C'est juste un prétexte pour permettre aux adultes de continuer à jouer les enfants.

— Ou une manière qui leur permet de se sentir importants, sans que personne les ridiculise, objecta Herbert.

— Cette histoire de distribution de prix et de médailles d'honneur ne pourra jamais devenir quelque chose de vraiment sérieux, déclara Lodvig qui, comme on le sait, était plus au fait des choses que la plupart des autres, grâce au *Lemvig Folkeblad*, son quotidien. Quand je vois ce qui est distribué là-bas en bas dans le royaume, je trouve que c'est plutôt désolant. Ces distributeurs d'honneurs ne sont franchement pas très inventifs. Et à quoi ça sert, dans le fond, je vois pas vraiment. Un auteur reçoit un prix pour son livre qui se vend pendant un mois et qui ensuite ramasse la poussière à la bibliothèque communale pendant vingt ans. Un maçon, par contre, il reçoit pas de prix, même s'il a construit, avec sa ferveur de maçon, une jolie maison qui tient le coup pendant cent ans.

Lodvig avait de toute évidence révisé son discours avant de partir de chez lui, et on voyait bien que Gaston, qui lorgnait tout le monde d'un œil critique, lui donnait éternellement raison. Il lui picorait gentiment les poils des oreilles, tandis qu'il émaillait les arguments des autres d'un « ha, ha ! » quelque peu méprisant.

Ça polémiquait ferme entre ceux qui étaient pour et ceux qui étaient contre ce genre de distinctions honorifiques. Il y avait tellement d'opinions différentes que ça pouvait difficilement dégénérer en bagarre, sauf à imaginer une bagarre où tout le monde se serait battu contre tout le monde. Mais en son for intérieur, chacun bouillait d'impatience du lendemain, jour où lui, et personne d'autre, se verrait décerner une « Emma » pour ses actions remarquables et la noblesse de son caractère. Et ce, d'ailleurs, qu'il ait été un fervent détracteur des médailles ou non.

Vers midi, les invités commencèrent à envahir Grover Bay. Volmersen et le Comte les accueillirent et proposèrent un lunch fantastique dont la composition géniale était la suivante :

Entrée
Consommé de tiges d'angéliques mijotées dans du tapioca, relevé de tranches de saucisse de guillemot.

Plat principal
Cœur de phoque grillé à la persillade et aux pruneaux, avec garniture de pommes de terre de Karlstrup, gelée de baies de corneille relevée d'un filet de rhum.

Dessert
Pain perdu à base de pain noir maison, finement râpé, servi avec café, merveilles et schnaps à volonté.

On mangea longuement. On mangea jusqu'au moment où il n'y eut plus rien dans les plats, et on sirota le clair nectar avec le café comme s'il ne devait jamais venir à manquer. Quand malgré tout il fut épuisé, on alla chercher des provisions de secours dans les sacs des traîneaux, provisions que l'on offrit généreusement aux maîtres de cérémonie.

Personne ne se rendit compte que Volle et le Comte s'étaient absentés un temps. Par contre, impossible de ne pas les remarquer quand ils revinrent. Ils avaient fait un petit tour dehors, où ils s'étaient changés pour arborer des costumes de fête que le Comte avait jugés incontournables pour donner du prestige à « La confrérie 71 ». Chacun vêtu de sa queue-de-pie noire avec son écharpe ventrale, ils firent leur entrée dans la salle de séjour, trottinant dans des souliers vernis fraîchement lustrés. Vision fabuleuse, hallucinante, au 71ᵉ degré de latitude nord, et un silence médusé se propagea dans l'assemblée. Même Museau devina que quelque chose se passait, et il chaussa ses lunettes, rapide comme l'éclair, et accommoda.

— Putain, murmura-t-il, je croyais que les pingouins, c'était seulement au pôle Sud.

Bjørken lui fit « chut » et sourit, impatient, découvrant l'ensemble de la palissade jaune qui lui tenait lieu de dentition. Il se frotta les mains sans même s'en rendre compte, à l'idée qu'il allait bientôt recevoir sa médaille.

Le Comte monta sur un tabouret de cuisine avec l'aide de Maître Volmersen. Renversant la tête en arrière, il laissa glisser son regard le long de la courbe aristocratique de son nez jusqu'à ses amis.

— Chers amis ! hurla-t-il de sa voix nasillarde.

Il s'inclina légèrement devant l'assemblée des chasseurs, debout, assis, et en ce qui concerne Valfred, couché, devant lui.

— Honorable confrère, ajouta-t-il en s'inclinant en direction de Volmersen. Cela m'est un immense honneur et un grand plaisir de décerner la médaille du mérite de cette année, l'« Emma ». Pour marquer l'année de cette toute première distinction, nous avons décidé de choisir deux personnes parmi les quatorze candidats.

Avoir nominé l'ensemble de la population était un choix sympathique de la part du bureau, qui montrait ainsi qu'il considérait tout un chacun comme recevable.

Le Comte sortit une feuille de papier de sa poche, la tint à bout de bras et se mit à lire :

— La première « Emma » est décernée à…

Longue pause artistique, et dans l'assistance on gémit d'excitation.

— Voyons… à William-le-Noir de Cap Thompson !

Une salve d'applaudissements éclata. Mads Madsen hurla d'enthousiasme. Il frappa William tellement fort dans le dos que celui-ci s'en trouva projeté vers le Comte qui tomba de son tabouret, renversant Volmersen dans sa chute. Une fois que les deux confrères ainsi que le tabouret eurent été remis d'aplomb, le Comte accrocha une grosse médaille scintillante à la poitrine de William-le-Noir. Il lui serra la main et dit :

— Cette distinction, mon cher William, tu la reçois eu égard à ta longue vie dans l'immoralité. Personne sur cette Côte n'a su s'adonner à ses pulsions primitives comme tu en as le secret, personne n'a su, comme toi, braver tous les risques, surmonter toutes les difficultés pour arriver à la satisfaction de tes désirs.

Il ajusta la médaille sur l'anorak blanc de William.

— Cette médaille doit être portée sur l'anorak, lors d'occasions exceptionnelles, dont le choix est laissé à ton libre arbitre. Et la médaille est accompagnée d'une bouteille d'eau-de-vie d'Ålborg.

William rayonnait. Quand il revint vers Mads Madsen, il ressemblait à un grand singe heureux à qui on vient de filer un régime de bananes.

Le Comte remonta sur son tabouret.

— Cette année, nous décernons donc une deuxième « Emma ». Et elle va à…

Rebelote avec la longue pause insupportable.

— À Petit Pedersen !

Petit Pedersen rougit jusqu'aux oreilles. Il se trouvait à moitié caché derrière Siverts, étant le seul parmi tous à être absolument persuadé qu'il n'avait aucune chance de remporter la médaille. De nombreuses mains le poussèrent en avant, jusqu'au moment où il se trouva juste devant le Comte.

Volmersen avança et accrocha autour du cou de Petit Pedersen un large ruban rouge et blanc. Au ruban était attachée une croix de Malte en or.

Le Comte lui serra la main et le félicita.

— Tu as droit à cette « Emma » parce que tu es petit. Tu es le plus petit des grands chasseurs à avoir jamais posé le pied dans nos contrées. Chasseur de gros gibier, et dresseur de loups, deux qualités que tu réunis en toute modestie, que ce soit la modestie de ton comportement ou celle de ta taille. Tu es un homme d'honneur, Pedersen. Permets-moi de te serrer la main et de te féliciter.

Petit Pedersen rétrécit d'encore quelques bons centimètres sous l'effet de la confusion. Il reçut son « Emma » et la ramena vite fait auprès de Siverts qui, en la brandissant en l'air pour la montrer à tout le monde, faillit étrangler Pedersen vu que celui-ci était accroché au bout.

Il faut relever le fait qu'aucun des hommes présents ne se sentit écarté. Le choix de William et de Pedersen était légitime, et même Bjørken félicita la confrérie pour son impartialité et son tact. Toutefois, au cours de la nuit, Bjørken prit le Comte à part pour lui demander de siéger au bureau. Mais le Comte secoua la tête catégoriquement.

— Non, Bjørk, il n'en est pas question. Si toi tu sièges au bureau, les autres le voudront aussi. Et très vite nous deviendrons comme toutes les autres confréries, commissions, associations et fondations qui n'arrêtent pas de s'autodistribuer des distinctions. Tu comprends bien que cela n'est pas possible si notre confrérie veut garder sa respectabilité.

Bjørken hocha la tête.

— T'as raison, Comte. Je me disais simplement qu'un homme de mon savoir et de mon expérience serait d'un poids inestimable pour la confrérie. D'un autre côté, je vois bien qu'ici nous ne faisons rien comme les autres, que nous devons en être fiers et nous y tenir.

Voilà comment Bjørken eut quand même le dernier mot, et c'est avec satisfaction qu'il retourna auprès de ses nombreux amis pour s'adonner aux merveilleuses festivités organisées par « La confrérie 71 ».

Table

Le Musulman.............................. 9

Le corbeau 38

Monsieur Gustavsen 52

Le procès 69

Les ballades de Haldur 85

Quelques réflexions anodines
à propos de culture 100

Le grand Petit Pedersen................... 113

L'imprévu 131

Cap Rumpel.............................. 152

La confrérie 167

Jorn Riel

La maison des célibataires

Les copains d'abord... Telle pourrait être la devise de ces cinq célibataires qui ont élu domicile dans une maison abandonnée en plein coeur du Groenland. Au menu : bières, farniente et paillardises. Mais les plus belles choses ont une fin. Pour garantir à son clan une retraite heureuse, l'un d'eux pense avoir la solution : épouser la veuve Banditta, une femme de poigne aussi riche qu'irascible. Mais c'est sans compter sur l'ingéniosité de ses amis qui vont tout faire pour lui éviter ce mariage, tout en se ménageant de beaux lendemains... Une savoureuse histoire de Pieds Nickelés oisifs et débonnaires, tout droit venue du Grand Nord.

n°3933 – 4 €

DOMAINE ÉTRANGER, DES ROMANS D'AILLEURS ET D'AUJOURD'HUI

Jørn Riel
Les racontars

Dans les années 1950, le Danois Jørn Riel s'embarque pour le Groenland. De ce périple dans les déserts arctiques naîtront une vingtaine de livres, où il évoque la vie rude des trappeurs du Nord, chasseurs solitaires, hâbleurs et naïfs, grands buveurs et parleurs invétérés. Dans ces contrées solitaires, les visites sont rares. Ici, l'imagination vient relayer la réalité, et bien souvent ce que l'on ressent ou ce que l'on rêve devient aussi réel que cette blancheur qui les entoure.

n° 2861 – 6 €

DOMAINE ÉTRANGER, DES ROMANS D'AILLEURS ET D'AUJOURD'HUI

Richard Brautigan
La Pêche à la truite en Amérique

Dans l'univers de Richard Brautigan on croise des tigres excellents en arithmétique, des truites chaleureuses et toujours de bon conseil, tandis que les carottes et les rutabagas ont leurs statues en place publique… Si la cocasserie de celui qui traversa la littérature américaine tel un météore est sans limites, le plus fabuleux ici est cette écriture, un véritable monument de douceur qui, sous une enveloppe sauvage et naïve, ne déroule rien qu'une profonde métaphysique de la tendresse humaine.

n°1624 – 7,90 €

DOMAINE ÉTRANGER, DES ROMANS D'AILLEURS ET D'AUJOURD'HUI

Impression réalisée sur Presse Offset par

La Flèche (Sarthe), 48579
N° d'édition : 3948
Dépôt légal : avril 2007
Nouveau tirage : septembre 2008

Imprimé en France